Una Nota en Blanco

UNA NOVELA DE AMOR Y DESILUSIÓN EN MEDIO DE UN SUEÑO GUAJIRO

NUVIA YESENIA

Una Nota en Blanco

Cover Design by Juan Pablo Ruiz
Layout by Juan Manuel Serna

Printed in the United States of America
ISBN: 978-1-952779-75-6
Library of Congress Control Number: 2021903941

FIG
FACTOR
MEDIA

Agradecimientos

Antes que nada, quiero darle las gracias a Dios porque Él ha sido mi luz en el camino tan difícil de mi vida. Me sacó de un mundo oscuro y hoy le doy gracias porque soy libre y puedo hacer lo que tanto amo. Hoy puedo escribir historias fascinantes para compartir con las personas. Hoy escribo canciones y las canto con mucha pasión. Hoy toco mi batería y toco mi guitarra para saciar cada parte de mi vida y de mi corazón.

También quiero darle las gracias a cada músico y a cada compositor por compartir sus dones y talentos, por darnos alegría y gozo. Pero sobre todo, quiero darles las gracias a mis cuatro ídolos de la música que desde que nací me han acompañado con sus canciones. Gracias a ti, Gloria Trevi, porque a una edad muy temprana aprendí a llorar al escuchar los versos de tus canciones. Gracias a ustedes, Ricky Martin y Graciela Beltrán, que fueron mi inspiración para escribir mi primera canción. Y a ti, Ezequiel Peña, exvocalista de Vallarta Show, pues es con tu música que me dan ganas de vivir. Todos los días pongo la música de Vallarta Show, en especial la canción María Isabel, que trae júbilo a mi vida. Desde el inicio de este libro hasta el final, fue la música de mis ídolos la que me alentó a nunca rendirme.

¡QUE VIVA LA MÚSICA!

El arte de escribir, pintar, bailar, hacer música, e incluso hacer el amor y amar es infinito. En realidad, un verdadero artista puede convertir cualquier cosa o persona en arte. Ese es el verdadero amor a la vida. Nosotros, los artistas, encontramos en el arte nuestro refugio; no para evadir la realidad, sino para descubrir la verdadera esencia de vivir. Dedico este libro a todas las personas que aman el arte. Este libro es para todas aquellas personas que en algún momento de su vida se sintieron fuera de lugar. Para los que sienten que no pertenecen o incluso fueron señalados como fenómenos. Somos nosotros los que hacemos una diferencia en el mundo… Sigan su corazón… sigan sus sueños.

Inspirado en hechos de la vida real.

Prólogo

Esta narrativa de la autora está basada en la vida real y es presentada en forma novelesca donde el desencanto se traduce en desengaño ante la realidad de una niña graciosa, bella y de alma pura e inocente que crece y atraviesa duras pruebas que tolera para adaptarse, evolucionar y transformarse a fin de conquistar el mundo.

Creció soñando con el amor de sus padres, con la música y con disfrutar de una vida llena de esplendor. Sin embargo, ese mundo ideal se desdibujó al verse desintegrada su familia por el fallecimiento de su padre, cuando empieza a afrontar y a descubrir los desafíos de la vida ante la cruel presencia de la traición y los abusos de todo tipo recibidos por quienes más debían cuidarla.

Debido a esa pérdida traumática de su padre, fue acumulando heridas que se convirtieron en cicatrices internas que intentó sobrellevar y que dejaron corrientes de vacío en su corazón de niña cuando apenas estaba aprendiendo a construir su mundo. Su padre ausente generó incongruencias y dificultad en el trato con otras personas del sexo opuesto. La figura de esa sombra paterna produjo en su etapa adulta un desapego afectivo que la hizo ser insegura a la hora de establecer relaciones de pareja y la condujo a involucrarse en relaciones tóxicas y de maltrato.

Ese camino difícil que tuvo que recorrer, que ella no había

elegido y que le tocaba vivir, la hizo sentir que su existencia no valía la pena y que de nada servía seguir andando. Hubo pausas, dejó de caminar y volvió a empezar el recorrido varias veces y en la medida en que fue madurando sus ojos se abrieron al mundo y aunque una parte suya seguía siendo vulnerable a ese pasado, pudo como una gigante de alma salir adelante. Aprendió a decir "No" y a luchar por sus sueños. Pudo tomar todo lo acontecido como aprendizaje, manteniendo una vida amable y llevando con orgullo esa armadura inexpugnable, teniendo claro qué hacer en adelante para no cometer los mismos errores que cometieron con ella aquellos a quienes más quiso. La comprensión de sus vacíos emocionales con relación a su padre ausente la ayudó a ajustar la realidad, a evitar almacenar más emociones negativas y a cortar el vínculo con el sufrimiento de ayer para sanar las heridas en el presente y con todas las ganas del mundo afrontar el futuro sin miedos, con la firme claridad de entender que todo lo sucedido había sido perfecto y gracias a tantos aprendizajes se había convertido en esa mujer empoderada que sería inspiración y ejemplo para muchos.

Después de haber caído y de levantarse en ese camino de tropezones, llegaron varios ángeles que la ayudaron a limpiar, a creer y confiar en que existía un camino de luz. Le mostraron que las piedras que se cruzaron en su camino sirvieron de peldaños para ayudarla a ascender y a elevarse gracias a la música, la composición y a su amada batería, pasión que la disciplinó en su interpretación y le permitió jugar con ella para rescatar y recordar esa niña graciosa, bella, de alma pura e inocente, logrando sacar, transformar y sanar todo lo que su corazón sentía para poder rescatarse a sí misma. De manera aleatoria y por el gran amor que siente por los animales, adquiere una filosofía de vida vegana que le ayudó a pensar diferente y a sanar su cuerpo y su mente.

Dado que es muy difícil que un grupo musical sea exitoso sin batería, pues la batería marca tempo y desempeña un papel imprescindible como metrónomo y guía para el resto de los músicos, su batería le dio el triunfo a los grupos musicales en los que actuó y le indicó el camino que la llevaría al éxito. Su ejemplo de vida ha sido guía para todos aquellos que han tenido la oportunidad de conocerla. Todo este descubrimiento de sus talentos con este preciado instrumento musical jugaría un papel importante y trascendental que le da la facultad de superar el sufrimiento, trabajar en el dolor y, sobre todo, descubrir que es posible tener una vida en la que prevalece la pasión y el amor.

Los sucesos de los capítulos intensos que hacen parte de esta novela son relatados sin escrutinio, con un lenguaje crudo y auténtico pues en ellos se devela la fortaleza y la audacia de compartir con su audiencia los relatos más difíciles que vivió para contarle al mundo que no está muerto quien pelea, que en el proceso de los relatos ella ha ido sanando, ha ido limpiando, ha hecho catarsis y como reflexión de todo lo acontecido surge que: ¡lograr perdonar de corazón SÍ es posible!

Jacqueline Ruiz
Autora de 24 libros, emprendedora en serie, piloto

La entrevista

Parte I

TODO EN LA VIDA
TIENE UN PRINCIPIO,
PERO JAMÁS
UN FINAL, SOLO
TRANSFORMACIONES.

———————

Capítulo 1

———

—Nos vamos al aire en 1… 2… 3 —dijo el camarógrafo.

Alicia Echeverría estaba sentada, vestía un atuendo vaquero y echaba un vistazo a las notas del programa. Cuando el camarógrafo contó hasta tres, ella se irguió y sonrió.

—Muy buenas tardes. Bienvenidos a otro programa de Música Max. Gracias por estar en sintonía con nosotros cada martes y jueves. Quiero mandar un gran saludo a Jeralí Montés de Zacatecas. Gracias por seguirnos en nuestras redes sociales. Gracias, también, por haber participado del concurso. Tu premio, por ser la ganadora, es un *meet&greet* y una cena con nuestra gran invitada de hoy… Les quiero presentar a una gran mujer, a una guerrera de la vida, a una famosísima cantautora que a pesar de todos los obstáculos logró concretar su gran sueño. Con ustedes… ¡Alcatraz! —dijo la conductora.

Alcatraz entró por una puerta y se detuvo en el centro para saludar al público. En el salón se oían los aplausos y vítores. Alcatraz era una mujer muy hermosa, alta, de pelo largo y oscuro, de piel blanca, ojos café, y tenía un cuerpo esbelto y torneado. No era su belleza externa lo que atraía al público, sino su alma. Alcatraz se acercó a la conductora, le estrechó las manos y se inclinó para darle un beso en la mejilla y un abrazo.

—Gracias por la invitación, Alicia. Es un placer estar aquí en tu programa —dijo Alcatraz.

—Al contrario, es un honor tenerte aquí —contestó Alicia. No todos los días tenemos a una mujer tan talentosa como tú — ambas rieron.

—Alcatraz, créeme que en mi vida he conocido a una mujer tan persistente y determinada como tú —continuó Alicia dirigiéndose luego al público—. Muchos de ustedes solo conocen una parte de la historia de esta hermosa mujer. Pero en el programa de hoy, que promete ser muy interesante, Alcatraz nos revelará su historia. Una historia que nadie hubiera imaginado. Así que vayan por su tequila, café, refresco o vasito de agua y pónganse cómodos. Regresamos después de un breve corte —dijo la conductora.

Al regreso de comerciales, la conductora continuó con su entrevista.

—Alcatraz, ¿quién te hizo este hermoso vestido?

Alcatraz contó que se lo había confeccionado una modista en Estados Unidos, quien lo diseñó a su gusto. Era hermoso, de color blanco y largo hasta las rodillas. Tenía un diseño con puntillas y un bordado en diamantes que formaban innumerables alcatraces. El vestido le sentaba perfectamente al cuerpo. Realmente era un vestido único digno de admiración.

—Además de cantar ¿qué instrumentos sabes tocar? — preguntó la entrevistadora.

—Mira, Alicia, no es por presumir, pero sé tocar un poco de todo, aunque mis fuertes son la batería, el bajo, la guitarra, el piano y el saxofón.

—¡Vaya, mujer! ¡Qué súper talento tienes! Yo muy apenas

puedo tocar la bocina de mi coche —bromeó la conductora, y ambas mujeres y el público lanzaron carcajadas al unísono.

—Anda, cuéntanos acerca de tu amor por la música. ¿A qué edad empezaste a tocar? ¿Y cuándo te diste cuenta de que te interesaba tanto la música? —preguntó Alicia.

—Era muy pequeña cuando descubrí que me gustaba cantar. Usaba un micrófono de cartón que armé yo misma. Lo decoré con dibujos y le garabateé el nombre Gloria Trevi. Ella era mi ídolo —dijo sonriendo—. Me la pasaba todo el tiempo cantando con él. Quienes me conocen de pequeña dicen que también me encantaba bailar. Ya tenía mi rutina. A cierta hora de la tarde, me calzaba unas botas, mi sombrero y agarraba mi oso de plástico inflable (que creo que era más grande que yo), me ponían música tipo quebradita y comenzaba a dar vueltas como un trompo —contó Alcatraz.

—¡Qué bonito! Fíjate, yo tengo la fuerte convicción de que la música nos aporta muchas cosas. ¡Y qué bonito que aún recuerdes eso! Pero, prosigue, por favor.

—Gracias, Alicia. Es cierto. La música nos da vida y alegría, y consuelo también. Inventaba mis propias canciones sin saber leer ni escribir. Cuando finalmente fui a la escuela y aprendí, mis horizontes se expandieron y me pasaba el día componiendo. ¡Hasta hice una canción dedicada a Ricky Martin! De niña estaba enamorada de él. El primer álbum que compré fue *Livin' la vida loca* —contó Alcatraz.

—¡Uy! Esa canción nos hizo mover el bote a todas… ¡Y ese pedazote de hombre que la cantaba! —el set estalló en una carcajada—. Te imagino moviéndote al son de la música con tus cabellos sueltos de niña —agregó la conductora riéndose.

—Sí, la verdad que Ricky Martin y Gloria Trevi son quienes a muy temprana edad me hicieron llorar y bailar con sus canciones. Es raro que una niña de seis años llore al escuchar algo que no entiende, que pueda sentir la angustia de quien canta, aunque las letras estén pensadas para los adultos. Claro, hay muchas canciones para niños que son tristes, pero desde muy chica yo tuve una conexión bastante fuerte con el mundo de los adultos. Entonces, como te decía, cuando descubrí que me fascinaba la música, y más cantar, le pedí a mi madre tomar clases de canto. Obvio que a la edad que yo tenía en ese momento —ocho años— no me tomaron mucho en cuenta. Sin embargo, yo tenía determinación y busqué en el directorio lugares donde ofrecieran este tipo de servicio. La verdad no recuerdo bien qué sucedió, pero sí cómo me afectó la falta de apoyo por parte de mi madre. Ya cuando era más grande, me incorporé a una banda y fue ahí donde comenzó mi carrera en la música. En la banda era segunda voz y baterista. Me di cuenta de que esto era realmente lo que quería hacer. Sí hubo muchos obstáculos, debo reconocer también —explicó Alcatraz.

La conductora seguía atentamente el relato de Alcatraz.

—Por favor, cuéntanos sobre esos obstáculos… Me contaste previamente que abandonaste la música cuando te casaste con tu primer marido. Eso fue muy difícil para ti. También sé que tu padre murió cuando eras muy pequeña y esto cambió por completo tu vida. Eres una mujer tan extraordinaria y con tanto talento que es difícil imaginarte derramando tantas lágrimas. Proyectas una alegría contagiosa, eres muy simpática y humilde. Ya ves, muchas viejas se hacen famosillas y ya luego no te quieren ni saludar, pero tú, por lo que veo, no has perdido tu esencia y no has dejado que la fama se apodere de tu corazón, que es lo más importante. Por eso te pedí que vinieras a contarnos tu historia. Queremos saber quién es Alcatraz, la mujer de carne y hueso que nos hace bailar con su música. Hoy tenemos un programa especial de dos horas de duración, así que tenemos mucho tiempo para escuchar tu relato. Después de unos breves anuncios, volvemos con esta increíble historia —indicó la conductora.

Al regreso, Alcatraz estaba ya lista para compartir su historia…

—Muchas gracias de nuevo por haberme invitado, Alicia. Gracias al público por estar aquí y también gracias a las personas que están sintonizando el programa en este momento. Si se me escapa alguna lágrima, no es de dolor, sino de la emoción de haber logrado superar todo lo vivido y estar ahora en un lugar tan bendecido. Así que de nuevo, muchas gracias… Aquí les va… Esta es mi historia…

La entrevista

Parte II

HAY COSAS QUE NOS MARCAN EN LA VIDA, PARA BIEN O PARA MAL, PERO ES NUESTRO TRABAJO COMO ALQUIMISTAS QUE SOMOS TRANSFORMAR ESAS CICATRICES EN MAGIA.

———————

Capítulo 2

Su nombre es Alcatraz Paloma Vallarta y desde niña ya sabía que había algo muy especial en ella. Su padre, el gran Rigoberto Vallarta, al ver a la criatura recién nacida, supo con su corazón que ella tendría un futuro maravilloso. Pero fueron las vivencias tristes las que opacaron la luz de la pequeña hasta que un día finalmente se descubrió a sí misma. Alcatraz tuvo la gran dicha de haber nacido del amor. Sus padres, Rigoberto y Angélica, se amaron con un amor puro, intenso y verdadero. La historia de sus padres es hermosa, con un tinte de tragedia. Ellos se enamoraron siendo muy jóvenes. Tenían un amor prohibido, dado que años antes de enamorarse, el padre de Rigoberto y el padre de Angélica habían tenido un enfrentamiento en el que uno de ellos casi pierde la vida por culpa del póker. Los padres de Angélica fueron obligados por el abuelo de Rigoberto a huir del hogar que tenían en el rancho del bello estado de Jalisco. No les quedó otra alternativa que mudarse a Zacatecas. Fueron amenazados de muerte por el abuelo de Rigoberto que en su tiempo era muy influyente y estaba más que claro que haría cualquier cosa por proteger el honor de su único hijo. Angélica, junto con sus padres y hermanos, comenzaron una nueva vida en otras tierras desconocidas. Angélica en aquel entonces era bebé y nunca supo de ese desafortunado incidente. Pasados casi veinte años, volvieron de nuevo al rancho en Jalisco al recibir la noticia de la muerte de la abuela de Angélica. No tenían previsto quedarse; su estadía solo sería de unos pocos días. Pero esto cambió luego de que el padre de Angélica hablara con un hombre del lugar y éste le vendiera las tierras que colindaban con un terreno que él había comprado antes de irse a Zacatecas. El padre de Angélica decidió aceptar la oferta ya que el precio era muy bajo por la totalidad de hectáreas de tierra. Además de tener un precio razonable, estas tierras eran las más fértiles de la región y una gran oportunidad para emprender un negocio. Su sueño siempre había sido sembrar maíz para luego molerlo y vender pastura a los ganaderos —que implicaba buen dinero—. Y no solo eso, también deseaba ser propietario de ganado. Sin consultarlo con su esposa, aceptó el trato con la determinación de que lo mejor sería quedarse. Mas cuando le dio la noticia a su esposa, ésta se molestó mucho porque no la había hecho partícipe de la decisión y porque había ignorado el hecho de que sus vidas aún corrían peligro.

—Mujer, ya pasó mucho tiempo. Ya es hora de que regresemos a nuestra humilde casa. Ya me cansé de andar en otras tierras que no son las nuestras —decía para callar sus reproches.

Ella se fastidió y no quiso escuchar sus razones absurdas. Trató de hacerle entender que sus hijas e hijos tendrían mejor vida en Zacatecas ya que el estado contaba con mejores oportunidades de trabajo y estudio. Pero él solo respondió que esas oportunidades también estaban en Jalisco. Estaba decidido: ellos se quedarían aunque ella protestara, pues se hacía lo que el hombre decía y punto. No le quedó más que aceptar su realidad y de nuevo adaptarse a la vida del rancho.

Los hijos mayores de ambos ayudaban con el trabajo pesado mientras que las tres hijas colaboraban con las labores de la casa. La hija más grande decidió estudiar una carrera y se le dio permiso para mudarse a Guadalajara con unos parientes para que pudiera cursar la licenciatura. La hija menor, que aún era muy chica, fue inscrita en la escuela primaria del rancho, mientras que Angélica buscó trabajo en el pueblo cercano como ayudante en una tienda de productos para ganado. Angélica era una señorita hermosa y simpática de diecinueve años. Estaba en su plena juventud con un corazón propenso a enamorase fácilmente. Trabajaba tres días a la semana en el pueblo y esos días se quedaba con una tía para no tener que ir y venir del rancho al pueblo, y viceversa, todo el tiempo. Esos tres días a la semana fueron suficientes para que a esta dulce y encantadora mujer le llovieran pretendientes por todos lados. Como en la tienda vendían artículos para el ganado y los caballos, la mayoría de los clientes que entraban ahí eran hombres. La dueña de la ferretería fue astuta al darle trabajo a ella, pues sabía que por su belleza atraería a muchos más clientes, y así sucedió. Solo que Angélica despreció a cada uno de los hombres por falta de interés. Ella no estaba interesada en el amor, y además tenía unos padres muy estrictos y no quería meterse en problemas. Pero un día cambió de opinión cuando vio a un joven guapo y fornido entrar en la tienda. Trató de evadirlo para disimular los nervios. Nunca en su vida había visto a un hombre tan bien parecido. Tenía algo en sus ojos que realmente la impactó. Por cortesía, ella lo saludó y le preguntó qué necesitaba. Ambos se quedaron hechizados como si el destino los hubiera juntado en ese instante. Él ignoró por completo la pregunta y se presentó como Rigoberto Vallarta y le tomó la mano para besársela. Aquel día comenzó su novela de amor.

Capítulo 3

lla estaba nerviosa porque Rigoberto le había pedido
matrimonio e iría a su casa para pedir su mano con sus
padres. Pero todo fue un desastre cuando él y sus padres
se presentaron en la puerta de la casa de Angélica. El padre de ella
reconoció al cretino que arruinó su vida obligándolos a huir de
su hogar como delincuentes. No podía ser que su hija se hubiera
enamorado del hijo de ese rufián. Entonces, corrió a Rigoberto
de su casa dejando a Angélica confundida y herida. Sin saber por
qué razón no podía amarlo, ella decidió fugarse con él. Conforme
lo pactado, transcurridos unos días, Rigoberto la esperó en las
afueras del rancho en su Chevy 79 para poder escapar juntos.
Ella salió muy temprano de su casa ese día para ir a entregarle
la leche a la señora Martha, como de costumbre, pero nunca lo
hizo. Más tarde encontrarían las cubetas de leche derramada
sobre las piedras. Angélica y Rigoberto se fueron juntos a vivir su
amor prohibido. Él tenía un plan que asustó mucho a la hermosa
Angélica. Le propuso irse a vivir a Estados Unidos. Allí podrían
tener una mejor vida. Tenía un tío que lo ayudaría a conseguir
trabajo y juntaría lo suficiente para casarse como Dios manda.
Ella aceptó, aunque estaba triste por haberle causado una pena
tan grande a sus padres. Solo le pidió a Dios que un día ellos
pudieran perdonarla.

Ya en Estados Unidos, él empezó a trabajar duro para poder casarse con ella. Vivieron con un tío y su esposa. Angélica dormía en una recámara sola y él en el sofá, pues habían decidido esperar hasta el día de la boda para entregarse. Él quería hacer las cosas bien porque la amaba. A los cuatro meses, se casaron y poco tiempo después ella quedó embarazada. Rigoberto pensó que lo mejor sería mudarse a Texas para conseguir un mejor empleo para poder mantener a su esposa y al bebé. Entonces se mudaron a Texas tal como él lo había previsto. Comenzó su nuevo empleo como vaquero en el Rancho Wyatt, dirigido por su propietario, Jonathan Scott. El señor Scott le tomó mucho aprecio a Rigoberto y lo convirtió en su mano derecha. Le dio vivienda, paga suficiente y se encargó de cubrir los gastos médicos de Angélica durante su embarazo. Había rumores de que el dueño estaba enamorado de ella y que por esa razón cuidaba tanto de ellos. A Rigoberto no le importaban los chismes porque confiaba en su mujer como en la lealtad del señor Scott. A unos pocos meses de llegar ahí, Angélica dio a luz a una niña sana y preciosa. Mucho antes de que naciera la bebé, ella sentía que sería niña y por lo tanto ya tenía el nombre previsto. A ella siempre le habían gustado los alcatraces y pensó en ponerle Alcatraz. Rigoberto escogió Paloma como segundo nombre porque la bebé era blanca e inocente como una palomita. Estaban tan felices por su llegada que no les cupo el regocijo en el corazón. Todas las amistades que habían hecho en el rancho de Texas visitaron a la bebé y le dieron la bienvenida más amorosa. A los dos días, cuando la pareja regresó a casa con Alcatraz, se organizó una gran fiesta con banda y comida para recibirlos. Nadie podía creer cómo la recién nacida sonreía y movía su bracito al oír la banda tocar. Todos coincidieron en que sería una amante de la música porque a días de nacida podía reconocer el ritmo y hasta parecía bailar al ritmo de la música. Quizás, algo que influyó mucho en Alcatraz fue que ya desde el vientre de su madre solía escuchar mucha música. Su madre ponía la radio mientras realizaba los quehaceres y cuando sonaba una canción movida como esas de Vallarta Show, la criatura pateaba como bailando. Podría ser que la niña fuera musicalmente talentosa o quizás solo una mera coincidencia.

Vivieron una vida plena, tranquila y armoniosa. Alcatraz crecía y era el centro de atención de sus padres, las amistades y del propio señor Scott, quien se había convertido en su padrino. Era muy inteligente y tenía una memoria increíble. Sobre todo, adoraba a su padre y no quería desprenderse ni un segundo de él.

Alcatraz estaba a punto de cumplir sus dos añitos cuando gracias a la ayuda del señor Scott, los padres de Angélica lograron obtener un permiso para visitarla en Estados Unidos. Angélica estaba feliz por la sorpresa. Al nacer la bebé Angélica los había llamado para contarles y ellos respondieron con gran felicidad. Esto significaba que la habían perdonado. Entonces pensó que sería una buena idea hacer una fiesta de cumpleaños para Alcatraz cuando llegaran sus padres. Organizó todo y compró los boletos de avión para ellos. A las dos semanas, llegaron para celebrar el cumpleaños de su única nieta y para visitar a su hija. Se abrazaron y lloraron, y luego disfrutaron de la hermosa fiesta en honor a su nieta. Todo estaba marchando muy bien. Rigoberto y su suegro bebían un poco de mezcal. A Alcatraz la cargaba su abuela mientras la madre atendía a los invitados. Todo era grandioso hasta que poco antes de las once de la noche alguien disparó generando un gran alboroto entre la gente. No supieron de dónde venían los balazos, pero Rigoberto pudo ver cómo uno de los guardias sacaba su pistola y le apuntaba al señor Scott. Sin pensarlo, corrió de inmediato y se interpuso entre la bala y Scott. La bala fue directo a su corazón. Murió al instante. No hubo tiempo de llamar a la ambulancia ni de reaccionar. Fue una noche trágica, llena de dolor e ira. Unos guardias se habían puesto de acuerdo para matar al señor Scott por asuntos de dinero, pero en lugar de darle a Scott, mataron a Rigoberto, dejando a Alcatraz sin padre y a Angélica sin marido.

La vida definitivamente les cambió. Los padres de Angélica regresaron a México y ella y Alcatraz se mudaron a Maryland con una amiga. Trabajaba con ella en un negocio de cocina a cambio de un techo donde vivir, comida y un poco de dinero. El primer año después de la muerte de Rigoberto fue un infierno para ambas. Angélica siempre estaba de malas o triste, y a veces ignoraba a la niña, quien solo encontraba consuelo en una perrita llamada La Catrina. Además, muchas veces, debido a su humilde condición, sus vecinas la despreciaban humillándola. La vecinita del otro apartamento tenía a sus dos padres y estos la consentían en todo y le compraban las muñecas más caras del mercado. La niña salía al pasillo a jugar con ellas y cuando se cruzaba con Alcatraz, no perdía la oportunidad para presumírselas sin prestárselas.

Esto ponía triste a Alcatraz, que no tenía moños ni muñecas.

Un día, entró al apartamento llorando. Su madre, angustiada, le preguntó: "¿Por qué lloras, hija?". Alcatraz le contó lo que había sucedido con lágrimas en los ojos. Angélica se sintió muy mal de no poder tener el dinero para darle una vida digna a su hija. Pensó que lo mejor sería regresar a México con sus padres, pero era demasiado orgullosa para pedirles ayuda. Pudo también haberse quedado en Texas con el señor Scott, ya que él le había ofrecido amparo total para ambas, pero ella no quería tener un compromiso con él. Creyó que haberse ido con su amiga había sido la mejor opción, pero en realidad la estaban pasando algo mal. Le pesó mucho ver a Alcatraz tan chiquita y llorando de esa manera y se le ocurrió una idea para alegrarla. Tomó un cuaderno y un lápiz y le dibujó varias muñecas en la hoja de papel. Luego le dio unos colores a la niña para que ella misma les pintara los vestidos. Luego los recortó y le entregó cinco muñecas de papel a Alcatraz. La niña estaba feliz porque ahora también tenía muchas muñecas. En su inocencia, no supo distinguir entre muñecas de verdad y unas de papel. Solo disfrutaba de tener con qué jugar. Cuando una se le rompía, le pedía a su madre que le hiciera más. Las cuidaba como si fueran de oro.

Capítulo 4

Hubo muchas ocasiones en las que Angélica sentía que ya no podía más con toda la situación. Creía que sin Rigoberto no podría continuar con su vida. Lloraba en silencio para que Alcatraz no la escuchara, pero un día la niña se dio cuenta. Aunque la pequeña tenía dos años, sabía que su madre estaba triste. La abrazó y le pidió que ya no llorara porque la ponía triste también a ella, y Angélica la miró con ternura y dejó de llorar. Sin embargo, todo eso cambió cuando Angélica conoció a un hombre y entendió que esa era una oportunidad para salir de sus problemas. Ella no lo amaba, pero sentía atracción por él. Joaquín Sánchez era un cliente que a menudo pedía banquetes de comida del restaurante donde ella trabajaba. En una ocasión en que se le envió un pedido incorrecto, se presentó personalmente a reclamarle a la dueña. Estaba furioso, pero al ver a la dulce y bella Angélica, su enojo se desvaneció. A partir de ese día, iba todos los días y la empezó a cortejar. Joaquín era dueño de una compañía de construcciones del estado de Indiana y tenía otros varios proyectos en Maryland. Estaba de paso. Terminado el proyecto pendiente, regresaría a Indiana. A los dos meses de conocer a Angélica, le pidió matrimonio. Ella aceptó y ese mismo día se encontraron en el parque para contarle las buenas nuevas a Alcatraz. Joaquín llegó al parque en un auto deportivo lujoso y al bajar llevaba consigo una bolsa enorme de regalo. Se acercó a ambas y le plantó un beso en la boca a Angélica, pero la niña no lo notó porque tenía sus ojitos puestos en la bolsa. Joaquín se la entregó y ella la abrió. Adentro había muchas muñecas y libros para colorear. Fue el día más feliz de su vida. No sabía qué hacer con tantos juguetes. Mientras Alcatraz jugaba, aprovecharon para anunciarle que se iban a casar, pero la niña no lo comprendió. Continuó jugando feliz y tranquilamente. El plan de Joaquín era conseguir los papeles de Angélica para que pudiera ingresar y permanecer legalmente en Estados Unidos. Para ello, contrató a un abogado que le recomendó casarse con su prometida en México y luego tramitar los papeles para que ella pudiera más tarde ingresar sin problema a Estados Unidos.

Angélica y Alcatraz se subieron al camión para ir de regreso a México. El abogado les dijo que sería mejor viajar por tierra y no por avión porque en el avión harían más controles y esto podría afectar la solicitud de residencia para ella. Ambas iban contentas, la madre porque vería a sus padres y la pequeña porque veía a su madre feliz por primera vez en mucho tiempo. Los padres de Angélica esperaban a su hija y a su nieta con ansias.

Tras dos días de viaje, llegaron al rancho y la bienvenida fue grandiosa. Angélica les contó la razón de su regreso y que tendría que preparar algunas cosas para la boda con Joaquín. A su madre le dio mucha alegría, pero su padre no estaba de acuerdo porque creía que no sería bueno para la niña ya que era muy pequeña y temía que tantos cambios pudieran afectarla. Pero Angélica no hizo caso. Alegó que se trataba de su vida y que ella haría lo que fuera más conveniente para ambas. Después de esa noche, nadie más hizo ningún comentario al respecto para evitar cualquier altercado.

Habían acordado que Joaquín iría tres semanas después para la ceremonia civil y luego regresaría a Estados Unidos para dar inicio al proceso legal. Angélica pensó que lo mejor sería irse a Jerez algunos días para poder comprar todo lo necesario para la boda. Aunque la boda iba a ser pequeña e íntima, ella quería lucir espléndida y destacada. Optó por dejar a la niña con sus padres e ir con su tía Coco para hacer las compras necesarias. Entonces, los padres de Angélica la llevaron hasta la parada del camión que la llevaría a Jerez. Luego de despedirse, pensaron que sería buena idea comer algo en la carretera con la pequeña para que se distrajera un poco. Prepararon un chocolate caliente con gorditas de nata. También tenían unos tacos de canasta de requesón y otras de papa en salsa verde de la noche anterior para su día de campo. Decidieron que el banquete sería en el área de Los Palos, una lugar cercano. Al llegar, la niña se bajó de la camioneta corriendo y riéndose, contagiando su alegría a sus abuelos. Su abuela se le acercó mientras el abuelo bajaba la canasta con la comida.

—Mi encanto, ¿estas feliz? —le preguntó.

Alcatraz volteó para mirarla y con una sonrisa le contestó que ahora sí era muy feliz. Pero unos instantes después, la alegría se le esfumó. La abuela la tomó entre sus brazos y le preguntó por qué había dejado de sonreír.

—Extraño a papi —contestó Alcatraz.

A la abuela se le rompió el corazón, pero se le ocurrió una

idea para distraer a su nieta de estos pensamientos tristes. Fue hasta la camioneta a buscar una libreta y un lápiz y regresó donde estaba la niña.

—¿Qué vas a hacer? —preguntó Alcatraz.

—Mira, mi encanto, vamos a escribirle una carta a tu papá y le dejaremos una nota en blanco para que él te conteste. ¿Te parece? —respondió la abuela.

Alcatraz brincó y aplaudió de alegría. La niña le dictó la nota a su abuela. La abuela se sentía feliz al ver la carita de su nieta llena de alegría. Sabía que no estaba bien mentirle de esta manera, pero ella era capaz de hacer cualquier cosa por verla sonreír. Ya se le ocurriría algo para que su plan funcionara. Al terminar de escribir lo que Alcatraz deseaba, colocaron la carta debajo de una piedra próxima a un guayabo. También dejaron un papel en blanco para que el papá pudiera responderle.

—Cuando vengamos a recoger a tu mami el próximo jueves, veremos si tu papi te ha escrito. ¿Te parece, mi encanto? —dijo la abuela hincándose para estar a la misma altura que su nieta.

Alcatraz brincaba de alegría y corrió con el abuelo para contarle. La abuela se incorporó con lágrimas en las mejillas porque sentía mucho que Rigoberto hubiera muerto y que su hija y su nieta hubieran quedado solas. Se acercó hasta su nieta y su marido para poder disfrutar de las delicias del almuerzo.

Capítulo 5

Alcatraz había estado esperando con ansias que llegara el día jueves. Aunque aún no sabía leer, ella podía contar hasta el número veinte. Su abuela le dijo que faltaban seis días para ir a recoger a su madre a la carretera en la parada del camión. Entonces contó cada amanecer hasta que por fin llegó el número seis. Ella deseaba con todo su corazoncito que su padre le hubiera contestado. Quería primero llegar al lugar donde dejaron la carta para leerla antes de ver a su madre así le podría dar la sorpresa de que su papito le había escrito. Su corazón anhelaba que su madre no se casara al recibir esta noticia. Al llegar al sitio donde habían dejado la carta, fue corriendo hasta la piedra, la levantó y pudo ver que no solo había una carta, sino también una bolsita que contenía algo. Tomó las cosas y volvió con su abuela gritando: "¡Abue! ¡Abue! Creo que sí funcionó tu plan. Pues ahí estaba todo esto. Mi papi contestó. Léemela, porfis, Abue".

Su abuela volteó a ver a su marido y ambos se sonrieron con picardía al ver que el plan había funcionado. Alcatraz le dio la bolsita y la carta a su abuela para que se la leyera. La abuela abrió la carta y empezó a leer:

Mi querida Paloma Blanca:
Recibí tu carta y me dio mucho gusto saber de ti. Yo

también te extraño mucho y pienso mucho en ti y en tu mamá. Aunque no me veas, yo siempre estoy contigo. Pórtate bien, mi bella Alcatraz. No dejes que el mundo apague la chispa que llevas dentro. Sigue bailando. Sigue cantado. Desde bebita te gustó la música. Bueno, mi niña, me tengo que ir, Diosito me habla. Dile a mamá que la amaré siempre. Ya no estés triste. Cómete un Duvalín, que quita toda tristeza. ¿Es lo que suele darte tu abuela, verdad?

Te quiere,

Tu papá, Rigoberto Vallarta

A los cuatro años muchos niños no comprenden muchas cosas, pero Alcatraz sí. Lloró mucho después de oír lo que su papá le había escrito. Abrió la bolsita y en su interior había un Duvalín. Se preguntó cómo sabía su padre que su abuela le daba Duvalines para hacerla sonreír. Esto había sido un milagro y ella viviría muy feliz por mucho tiempo. Al recoger a su madre, Alcatraz corrió a abrazarla y le contó todo lo que había pasado en su ausencia. Al oír la historia que le habían inventado a su pequeña, volteó a ver a sus padres un poco furiosa. Pero prefirió reservarse los comentarios para cuando estuvieran a solas.

El día de la boda llegó en un abrir y cerrar de ojos. Joaquín llegó tres días antes de la boda, pero no lo hizo solo. ¡Vino con sus dos hijos! La madre de Alcatraz ya estaba enterada de que su futuro marido era viudo y que tenía hijos, los cuales pasaban más tiempo con la abuela materna que con él. Cuando Angélica lo supo, pensó que sería muy bueno que Alcatraz tuviera compañía para jugar y crecer. El mayor, Joaquín Jr., tenía quince años, y la niña, Carolina, tenía seis. Carolina era dos años mayor que Alcatraz. La flamante pareja pensó que las niñas se llevarían muy bien por la poca diferencia de edad. Alcatraz era una niña noble y le agradó mucho la idea de tener hermanos mayores que ella. El día de la boda, las niñas vistieron idénticas. Ese mismo día la abuela de Alcatraz se dio cuenta de que los hijos de Joaquín no eran buenos. Carolina, con tan solo seis años de edad, se mostraba egoísta y frívola, y otro tanto más Joaquín Jr. A Carolina no le gustó la idea de ir vestida igual que Alcatraz y encontró la oportunidad para empujarla al lodo haciendo que se ensuciara. La abuela fue testigo de esta situación y, cual fiera, sacó las garras en defensa de su nieta —aunque todos pensaran que había sido un accidente—. Estaba enfurecida con lo que había sucedido y no sabía cómo consolar a su nieta. Entonces recordó que tenía un vestido que había tejido para una ahijada y que le iría perfecto a Alcatraz. Era un vestido de color azul cielo y lucía hermoso en la niña por su color de piel. Durante la ceremonia, procuró no descuidar a la niña para evitar otro incidente similar. La boda fue sencilla pero bonita. Asistieron solo las personas que eran importantes para ambos. Joaquín era de Durango y algunos de sus familiares viajaron a Jalisco para la ceremonia. Todo se desarrolló conforme lo planeado. Después de la boda, Joaquín regresó a Estados Unidos para continuar con el proceso legal para poder llevar a su esposa. Los hijos regresaron con él. Esto fue de gran alivio para la abuela.

Pasados ocho meses, la mamá de Alcatraz obtuvo la residencia. Esto significaba que en pocos días se irían a su nuevo hogar junto a Joaquín, en Indiana. Pero no fue fácil para nadie aceptar que ellas debían partir. La abuela y la madre de Alcatraz discutieron muy fuerte. La abuela quería que su nieta se quedara porque temía que algo malo le pasara a la pequeña estando bajo el mismo techo que los malvados hijos de Joaquín. La madre de Alcatraz defendió a los hijos de Joaquín y le dejó en claro a su madre que su hija iría con ella adonde fuera, así se tratara del mismísimo infierno. La abuela no podía creer semejante falta de respeto y violencia de parte de su hija, lo que le provocó un profundo dolor. El abuelo al enterarse le pidió que se largara de la casa. Se sintió muy mal porque la niña no tenía ninguna culpa, pero no podía permitir que Angélica se comportara así con su madre. Orgullosa, Angélica empacó sus cosas y partió en un taxi hacia Zacatecas. Allí se quedarían en un motel hasta tanto se cumpliera la fecha de partida a Estados Unidos. Al salir de la casa, no hubo despidos ni abrazos, solo lágrimas de la abuela y la nieta. Solo le encomendaba a Dios que su nieta estuviera bien y que nada malo le pasara.

Capítulo 6

A ngélica y Alcatraz tenían seis meses viviendo en Indiana cuando se enteraron de que los hijos de Joaquín se irían a vivir con él de forma permanente. La abuela de los niños tenía pensado regresar a su pueblo en México y ellos tendrían que quedarse con su papá. El día que se enteraron, Angélica salió muy temprano con su cuñada de compras. Quería arreglar los cuartos para darle la bienvenida a sus hijastros. Decidió dejarle la niña a Joaquín para hacer las compras tranquila. Aquel día Alcatraz descubrió la verdadera personalidad de su padrastro. Él estaba terminando de hacer unos planos para la compañía cuando vio que la niña estaba sirviéndose un poco de cereal con leche. La llamó para que se acercara hasta él. Ella obedeció. Joaquín le pidió que le trajera algo del baño, pero se lo dijo en inglés, a sabiendas de que ella no lo comprendería. La niña fue hasta el baño, sin siquiera entender lo que él le había pedido y regresó diciendo que no entendía lo que debía buscar. Joaquín se enfadó mucho con ella, la tomó de los hombros y la sacudió. Alcatraz se asustó mucho y empezó a llorar. Él la empujó y la niña cayó al piso golpeándose el bracito. Antes de que él se levantara de la silla, ella logró incorporarse y salir corriendo hacia su cuarto. No se movería de allí hasta que llegara su madre. Cuando Angélica llegó, lo primero que hizo fue buscar a la niña. Le preguntó a

Joaquín y él dijo que ella no había salido de su cuarto en todo el día. Cuando Angélica llegó al cuarto, la encontró llorando en una esquina. Le preguntó por qué lloraba y la niña la abrazó fuerte mientras le decía que Joaquín la había golpeado. Angélica increpó a Joaquín, pero él lo negó todo diciendo que no sabía de qué le hablaba. Ella le creyó. Aquella no fue ni la primera ni la última vez que Joaquín maltratara a la niña en ausencia de la madre. Sin embargo, Alcatraz decidió callar por miedo.

Al cumplir cinco años, Angélica inscribió a su hija en la escuela cercana a la casa. A esta escuela también asistía Carolina, la hermanastra. Carolina odiaba a Alcatraz y no perdía oportunidad para hacerla menos en la escuela y en la casa cuando nadie la veía. El hijo de Joaquín también era algo insolente con Alcatraz, pero un día su comportamiento hacia ella cambió por completo. Empezó a mostrarse amable y a jugar con ella. A nadie le pareció extraño. Pensaron que en verdad él le estaba tomando cariño a la niña y que estaba madurando. Nadie sospechaba de las malas intenciones del muchacho. El día después del Día de Acción de Gracias, Joaquín organizó una reunión con trabajadores y familiares. A este evento no asistirían niños así que Angélica dejó a Alcatraz y a Carolina al cuidado de Joaquín Jr. Él se puso a ver la televisión y mandó a las niñas a dormir a sus recámaras. Cada niña tenía su propia recámara, lo cual facilitó el plan del muchacho. Cuando estaba cien por ciento seguro de que Carolina estaba dormida, se dirigió a la recámara de Alcatraz, abrió la puerta y entró. Esa noche y muchas noches más, Joaquín Jr. se aprovecharía de la pequeña. La manoseaba y la desnudaba. Alcatraz al principio no quería que él hiciera todo eso, pero con el tiempo la convenció de que la quería y de que eso era normal. La niña, de cierta manera, se sentía mimada porque le hacía falta la atención y la ternura de su padre y de su madre. El muchacho le pedía que no dijera nada, pues si hablaba, él ya no podría darle amor. Y ella, con tal de sentir el calor de alguien, prefirió no decir nada. Pero con el paso de los días y los meses, la pequeña empezó a deprimirse. Como no podía contarle a nadie lo que estaba sucediendo, empezó a componer canciones en su cabeza. Aún no sabía escribir, pero no le hacía falta porque ella imprimía todo a fuego en su corazón. Se empezó a refugiar en la música. Y cuando la música no podía saciar su tristeza, recordaba a su padre. En varias ocasiones, dejó una nota en blanco para que él le escribiera, pero nunca hubo respuesta. Ella pensó que él no le contestaba porque ella no podía poner por escrito lo que pensaba. ¡Cómo extrañaba a sus abuelos! Más aún a su abuela. Sentía que podía estar mejor con ellos que con su madre. Cada vez que Angélica y Joaquín salían de la casa, Joaquín Jr. se aprovechaba de ella. Cuando no era manoseada por el joven, era humillada por Carolina. Se acostumbró a todo eso creyendo que era normal. Desarrolló una autoestima muy baja y se llenó de miedos y de culpas. Poco antes de cumplir los seis años, el cínico de Joaquín Jr. le dijo que él ya no entraría a su cuarto para darle amor porque como ella estaba creciendo, iba a comprenderlo todo y quizás le diría a alguien. Ella, en su inocencia, le cuestionó el comentario. Y fue tal cual lo adelantara el muchacho. Poco después de cumplir los seis años, un día Alcatraz andaba por la casa con su ropa puesta al revés, cuando al darse cuenta Angélica le preguntó qué sucedía. Alcatraz se puso muy nerviosa y decidió contarle todo. Le dijo que su hermano la besaba y la tocaba, pero la mamá entendió que más bien era una manera inocente y tierna. Entonces le dijo: "Ay, Alcatraz, eso no tiene nada de malo. Es tu hermano". Y se alejó olvidando por completo el detalle de que la niña no estuviera bien vestida. Esa fue la última vez que Alcatraz mencionó algo y también fue la última vez que el malnacido se aprovechó de ella.

Capítulo 7

Los siguientes años la vida de la niña no fueron muy diferentes. Carolina seguía con esa riña contra ella y su hermanastro se había mudado de ahí con unos amigos. Su madre había quedado embarazada y ahora tenía un nuevo hermanito, así que toda la atención era para él bebe. Joaquín era déspota con ella cuando su madre estaba ausente. Pero frente a todos era el padrastro ejemplar. Sin embargo, comenzó a tomar alcohol, más de lo normal, y en poco tiempo esa casa estaba infestada de borrachos todos los días por las tardes. Esto complicaba aún más todo para Alcatraz porque ella se convertía en una hermosa señorita y era presa fácil para cualquier lobo. Ella iba a la escuela y de ahí a la casa. Se encerraba en su cuarto para hacer su tarea y solo salía para ayudar con los quehaceres del hogar. Mientras tanto, se refugiada en el mundo de la música. Cuando aprendió a escribir, convirtió un cuaderno en su obra de arte. En esa libreta volcaba sus composiciones. Cada canción hablaba de su tristeza y de sus anhelos. Un día, con mucho entusiasmo, le pidió un micrófono a su madre para poder cantar en su cuarto. Pero su petición fue ignorada debido a que creían que su sueño era guajiro. Ella se desanimó por unos instantes, pero su misma creatividad la inspiró a confeccionar su propio micrófono. Lo armó utilizando rollos vacíos de papel higiénico y lo decoró con mariposas y estrellas creadas por ella misma. Con un marcador escribió **Alcatraz Vallarta**, de un lado, y el nombre de su ídolo, Gloria Trevi, del otro. Con este micrófono cantaba cada vez que podía. Cantaba sus canciones y las canciones de todos aquellos cantantes que hacían bailar a su corazón. Ese era el mundo que se había creado. Vivía un infierno en el día, pero por las noches ella convertía su cuarto en un escenario lleno de gente que esperaba por verla cantar. A los doce años de edad vivía ilusionada con un día enamorarse como lo solían hacer en las novelas o incluso los personajes en sus canciones. Cual imán de sus pensamientos, una semana después de cumplir los doce años, conoció a un muchacho afuera de la escuela. Este muchacho era tío de uno de sus compañeros de clase. El muchacho era mucho mayor que ella, pero esto no le importó. Era obvio que tampoco a él le importó, porque la miró de una manera muy distinta a la que ella estaba acostumbrada. Sintió cómo se le debilitaban las rodillas y cómo las mariposas invadían su estómago. Ese día se le despertó una nueva ilusión. Todos esos años posteriores a la muerte de su padre se había sentido muy sola y abandonada, pero, de repente, todo se quedó atrás en el momento que conoció a este muchacho. Lo que sucedió luego fue algo que cambió por completo el curso de la vida de la pequeña.

Él se acercó a ella y la saludó. Ella parecía confundida y hasta torpe, y le tembló la voz al contestarle. Él pudo notar la falta de experiencia en ella y eso le agradó aún más porque demostraba su candidez e inocencia. Él se presentó como Alonso Robles y ella solo le sonrió y se fue corriendo.

Al día siguiente, Alonso nuevamente recogió a su sobrino en la escuela, pero esta vez esperó a Alcatraz para hablarle. Cuando ella lo vio, volvió a sentir lo mismo del día anterior, pero esta vez sentía más seguridad para hablarle.

—Hola, Alonso —le dijo.

—Hola, sin nombre —respondió él riéndose y ella se le unió, pues hubo una química inmediata.

—¿Cómo te llamas?

—Alcatraz Vallarta —respondió luego de respirar profundo.

—Tan hermoso como tú es tu nombre —respondió él.

Fueron las únicas palabras que bastaron para enamorarse de este extraño que ahora se había ganado su corazón en tan solo dos días.

—¿Cuántos años tienes? —le preguntó el joven.

—Doce —contestó Alcatraz.

—Pensé que eras más grande, como de quince años —dijo él sorprendido.

—Sí, tengo doce. ¿Y tú cuantos años tienes? —preguntó ella mirando el suelo.

—Yo tengo 19.

Era obvio que la diferencia de edad era enorme, pero esto no detuvo los sentimientos tan bellos entre los jóvenes. Ella notó que Carolina justo estaba saliendo de la escuela y se echó a correr una vez más. Temía que Carolina le fuera con el chisme a su madre de que la había visto platicar con un hombre y prefirió huir. Al otro día, el sobrino de Alonso no se presentó a la escuela porque estaba enfermo y ella se sintió aliviada. Pero se llevó una tremenda sorpresa al ver a Alonso en la puerta de la escuela a la salida. Estaba apoyado sobre la baranda y en su mano traía una rosa roja. Volteó para verla y le hizo una seña para que ella se acercara. A pesar de no estar segura, se dirigió hasta donde se encontraba Alonso. El sentimiento era más fuerte que la razón. Alonso era demasiado grande para ella, pero no podía dejar de pensar en él. De la noche a la mañana, él se volvió su adicción.

—Hola, Alonso. Felipe no vino hoy. ¿Qué haces tú aquí? —preguntó.

—Lo sé, pero vine porque no puedo dejar de pensar en ti y quería verte —contestó con su sonrisa encantadora.

Alcatraz no pudo más que sonrojarse. Alonso le estrechó la mano y le dio la rosa, que ella aceptó de inmediato. Luego, le tocó la mejilla y ella se sonrojó aún más. Enseguida, ella pudo notar que las demás mamás que iban por sus hijos los observaban y una vez más salió corriendo sin mirar atrás. Temía que alguien le dijera a su madre que un muchacho mayor que ella le había llevado una rosa. Al llegar a casa, su madre estaba en la puerta cargando a su hermanito así que ella escondió la rosa en la mochila para que no la viera. Le dio un beso a su mamá y se dirigió directo a su cuarto y puso la rosa entre las hojas de su libro favorito.

Capítulo 8

S e sentía una tonta ilusa. Habían pasado dos semanas desde que conoció a Alonso y ya no lo había vuelto a ver. A Felipe lo recogía su madre o hermana. Ella había empezado a ponerse perfume todos los días por si lo volvía a ver, pues quería agradarle. Aún no podía maquillarse porque no lo tenía permitido hasta tanto no cumpliera quince años. Sentía que todo había sido una simple ilusión. Se estaba sintiendo triste y pensó en ir a dar una vuelta en su bicicleta. Le pidió permiso a su madre para salir y ella le permitió dar un par de vueltas en el estacionamiento de la escuela. Estuvo quince minutos dando vueltas y por primera vez sintió que su corazón se quebrantaba por amor. Justo en el momento en que había decidido regresar a la casa, vio a un muchacho desde lejos mirándola. Su corazón se aceleró cuando divisó a Alonso. Él caminó hacia ella y entre más se acercaba, más quería escapar. Al ver la emoción de la niña, antes de pronunciar palabra, Alonso se arrimó, la tomó de los hombros y la acercó a su boca. ¡Le dio un beso! Ella no lo podía creer. Nunca nadie la había besado. Había visto esos besos en las novelas o leído de ellos en los libros. Se sintió liviana, muy liviana, como confundiéndose con el aire que la elevaba. Era su primer beso... ¡Su primer beso! ¡El más bello! Y aunque le faltaba experiencia, le sobraban las razones para continuar besándolo a su manera. Al volver a casa, se encerró en su cuarto para escribir una canción acerca de su primer beso de amor.

Por un beso tuyo te elevaría al cielo,
con una mirada te entregaría todo,
sin prejuicios, sin complejos.
Por un beso tuyo, te daría el mundo,
con una mirada...

Todos los días, durante siete meses, ella escribió una nueva canción dedicada a su nuevo amor. Se veían a escondidas en el estacionamiento de la escuela, por las tardes, cuando ella daba vueltas en la bicicleta. Pero sus salidas frecuentes empezaron a levantar sospechas en Carolina. Un día, después de que Alcatraz saliera a dar sus vueltas, su hermanastra le siguió a hurtadillas. Confirmó sus sospechas al ver cómo se besaban Alcatraz y ese muchacho. A Carolina le causó gran regocijo haberlos descubierto, pero no quiso que los jóvenes se dieran cuenta de que ella estaba espiándolos, así que regresó a la casa lo más rápido que pudo para delatarla. De regreso en casa, Alcatraz notó que algo andaba mal porque su madre la esperaba en la puerta. Ella la saludó, pero su madre no le respondió. Le preguntó dónde andaba y ella le dijo que dando vueltas. Sin embargo, Angélica ya sabía que su hija le mentía porque la malvada de Carolina le había ido con el chisme. Alcatraz tragó saliva porque sabía que su madre la había descubierto. Justo cuando intentaba explicarle lo sucedido, su madre comenzó a golpearla con un cinto. Alcatraz gritó de dolor, pero su madre no se detuvo. Cuando por fin lo hizo, le dijo que si volvía a saber que ella andaba viéndose a escondidas con ese pelado, le iba ir muy mal a ella y a ese perro malnacido.

Alcatraz se encerró en su cuarto y lloró toda la tarde. Mientras tanto, Carolina disfrutaba con el dolor de su hermanastra.

Las siguientes semanas fueron un infierno para Alcatraz porque la vigilaban constantemente. Su madre, además, empezó a inspeccionar sus cosas. Estuvo varias semanas sin ver a Alonso sintiendo que enloquecería. De pronto, sintió que era mejor dejarse morir. Durante ese tiempo, dejó de escribir canciones porque solo quería llorar y dormir. Un día, su madre y Carolina salieron y la dejaron sola con Joaquín, que para colmo estaba bebiendo con sus amigos. Alcatraz salió de su habitación para buscar algo para comer cuando Joaquín le gritó de lejos. Ella volteó como si fuera el mismo diablo quien le gritaba. Joaquín solo decía cosas hirientes.

—Deberías largarte con tus abuelos o mejor irte con tu padre. Pero, es cierto, tu papito está muerto. No perteneces aquí. Eres una malagradecida que solo nos trae problemas —continuaba diciéndole.

Él no cesaba con los insultos. Ella no pudo más y salió corriendo a su cuarto con los dichos de Joaquín retumbando en su cabeza. Ella ya no quería estar ahí. Su madre ya no era la misma. Había puesto a otras personas por encima de ella. Su padrastro era malo y más aún Carolina. Quería huir lejos de ahí. Recordó el libro que estaba leyendo en el que la protagonista huye con su amado porque no los dejan ser felices. Se le ocurrió huir con Alonso. Era una decisión alocada, pero su única salida. Ya no aguantaría ni un insulto más de Joaquín. Así que vació su mochila y metió un poco de ropa. Luego, en una libreta, escribió una carta para su madre en la que le explicaba las razones de su partida. Le contaba sobre los abusos de su hermanastro y los maltratos de Joaquín y Carolina. En otra hoja escribió una segunda carta para su mejor amiga en la que le dejaba instrucciones para que le entregara la carta a su madre y le decía adónde se iría. Dobló la carta, se metió en la cama y esperó a que amaneciera para huir.

Caminaba lo más rápido posible. Esperó el camión que la llevaría hasta la casa de Alonso, que vivía son su hermana, la mamá de Felipe. Mientras esperaba el camión pensó en su madre. Aunque odiaba vivir en esa casa y aunque su madre no se preocupara por ella, no quería lastimarla. Su madre ya no le prestaba atención ni la comprendía en nada. Ante cualquier cosa, reaccionaba con golpes o insultos igual que todos en esa casa. Cuando llegó el camión, se subió y a los treinta minutos descendió en la esquina de la casa donde vivía Alonso. Estaba nerviosa y con miedo, pero ya no había marcha atrás. Estaba lejos de su casa y ahora sería feliz con su amado. Nadie los separaría nunca más. Pero en su ingenuidad no sabía que por ser menor de edad aún estaba bajo la tutela de su madre. Su ilusión pronto sería algo del pasado. Tocó a la puerta y, para su sorpresa, fue Alonso quien le abrió. Se mostró sorprendido pero feliz de verla. La abrazó muy fuerte y luego le preguntó por qué ya no asistía al lugar de sus encuentros.

—La chismosa de mi hermanastra le dijo a mi mamá que nos había visto besándonos y mi mamá me tiene vigilada. Luego, mi madre encontró las cartas que me has dado donde me dices que me amas y que me harás el amor y ella enfureció tanto que me golpeó mucho. Y ahora estoy aquí porque me fui de la casa porque ya no soporto tanto maltrato por parte de ellos. Quiero estar contigo —dijo.

Alonso tragó saliva porque sabía que ahora estaba metido en graves problemas. Ella era menor de edad. Sabía que lo podían acusar de abuso contra una menor. Pero no quiso en ese momento decirle lo que pensaba. La hizo entrar a la casa y se fueron para el otro piso para poder hablar sin que nadie los interrumpiera. Alcatraz, con tan solo doce años de edad, había huido con un hombre de diecinueve años en busca de todo aquello que no le daban en su casa. Pero fue la peor decisión que pudo tomar en su vida. Su sueño de amor le duró muy poco. No había transcurrido una hora apenas cuando unos policías tocaron a la puerta. Sabían que ella estaba ahí. Su mejor amiga la había delatado y fue así como dieron con ella. Alcatraz empezó a llorar desesperadamente, pero nada de lo que hizo pudo impedir que los policías se la llevaran de vuelta a su casa. A Alonso lo arrestaron por involucrarse con una menor. Ahora más que nunca deseaba estar muerta. Sabía que esto era realmente serio, pero ya nada le importaba. La patrulla se detuvo en la esquina de su casa y ahí estaban su madre, Joaquín y otros parientes. Parecían lobos esperando a que llegara la oveja para comérsela. Fue un interrogatorio desastroso con miradas inquisidoras y palabras duras. La llevaron al médico para confirmar que Alonso no hubiera tenido intimidad con ella. Al ver que los resultados eran negativos, la llevaron con su madre para que hablara con un consejero de familia. En la habitación Alcatraz parecía endiablada, como si un fenómeno maligno se hubiera apoderado de su alma pura. La mirada de Alcatraz estaba perdida pero aun así pudo relatarle al consejero los abusos que había sufrido desde que era pequeña. Entonces, y dado que el consejero resultaba ser pariente de Joaquín, decidieron enviarla a un internado. Fue el propio Joaquín quien en defensa de su hijo, desmintió todo lo que Alcatraz había contado y dijo que lo apropiado era que la enviaran a un lugar donde la pudieran disciplinar porque era rebelde y desobediente. Su madre prestó su consentimiento. Alcatraz no sabía si sentirse triste o alegre porque ya no viviría con ellos. Le dolió mucho más tener que dejar a su amado Alonso. Pero lo más duro fue darse cuenta de que su madre la estaba abandonando en vez de ocuparse más que nunca de ella.

Capítulo 9

Angélica estaba en la sala de espera del internado. Habían pasado tres años y su hija por fin volvía a casa. Estaba arrepentida de haberlo permitido, pero le había pedido mucho a Dios que aquello tuviera sentido. Pensó que tal vez su hija necesitaba más disciplina, pero estaba equivocada. Lo que la joven necesitaba era su amor y comprensión. No es fácil para un hijo tener que vivir la separación de los padres, y mucho menos sobrellevar la muerte de alguno de ellos. Sin embargo, Angélica se encargó de guardar las apariencias, proteger su matrimonio y mantener el estatus en lugar de ayudar a su primogénita. Angélica vio a Alcatraz acercarse por el pasillo junto a la directora. Seguía siendo una niña noble porque al ver a su madre corrió y la abrazó tan fuerte que Angélica sintió que se le rompían las costillas. No había odio ni rencor en su corazón. Angélica miró a su hija y notó que ella había crecido mucho en todo ese tiempo. Ahora era oficialmente una hermosa señorita de quince años. Alcatraz parecía una muñeca de porcelana. Desde pequeña era hermosa, pero ahora que se convertía en mujer, sus facciones eran más finas y delicadas, lo que la hacía aún más bella. Tenía unos ojos tapatíos y el cabello largo y sedoso como su madre. ¡Hasta parecían hermanas gemelas! Una vez que Angélica completó las formas a pedido de la directora, se dirigieron a la camioneta y se fueron directo a casa. Al llegar a la casa, Alcatraz se llevó la sorpresa de que habían hecho una fiesta de bienvenida en su honor. Estar de vuelta le trajo muy malos recuerdos, pero ella trató de encajar. Amigos y familiares se arrimaron y la abrazaron, todos menos Carolina. Aparentemente, todo ese tiempo que habían estado separadas no había servido de nada. Pero Alcatraz ahora era más madura y había decidido no poner atención a los gestos de su hermanastra. Durante el tiempo que estuvo alejada de su casa, pensó mucho en Alonso y se preguntaba qué sería de él. Pero también sabía que tenía que enterrarlo en el pasado porque tenía que seguir su vida. Justo cuando pensaba en eso, Joaquín se le acercó para darle un abrazo y para presentarle a un nuevo trabajador suyo en la constructora. Alcatraz sintió asco ante el abrazo del hombre que la había maltratado por tantos años, pero tenía que fingir que todo estaba bien. Aún era menor de edad y seguía atrapada en ese lugar. El nuevo trabajador se presentó como Leonardo Pérez. Tenía aproximadamente veintidós años y era muy atractivo. Alcatraz sintió cómo la mirada de este joven penetraba su piel. Ella se sintió halagada y de cierta manera consideró que esta podría ser una oportunidad para volver a enamorarse. Alcatraz era rápida para enamorarse porque estaba necesitada de amor. Era presa fácil para la maldad, aunque no pudiera comprenderlo. Ella quería vivir su propia novela de amor. Vivía en un mundo de fantasías porque evadía lo más posible la realidad en la que vivía. Toda esta ilusión le daba la motivación que necesitaba para seguir sobreviviendo en un mundo al que no pertenecía.

Leonardo Pérez empezó a pretender a Alcatraz y después de que ella cumpliera sus dieciséis años, le pidió que fuera su novia. Ella aceptó y estaba feliz porque él la trataba con mucho amor. En algunas ocasiones, él trató de manosearla, pero ella no lo permitió. Una vez terminó con él por esta razón, pero él le prometió no volver a propasarse con ella. Entonces, le dio otra oportunidad y le pidió que hablara con su madre y Joaquín para que le dieran permiso para salir con él. Leonardo aceptó. La condición era que tendría que visitar más a menudo la casa donde ella vivía para que pudieran conocerlo mejor. Y Leonardo lo hizo. Sin embargo, durante sus visitas fue generando mucha amistad con Carolina. Al principio, Alcatraz no lo tomó a mal, pero hubo ocasiones en las que ella se demoraba de regreso de la escuela y los encontraba en el patio de la casa a pura risa. Empezó a sentir celos, pero Leonardo le aseguraba que no pasaba nada. Ella le creía porque lo amaba y porque no quería perder la ilusión. Luego de mucho tiempo, por fin volvía a escribir canciones. Ya no cantaba, pero seguía escribiendo en su libreta la melodía de su corazón.

Cuando más feliz estaba, la vida le dio otro golpe muy duro. Un día, Carolina se quedó en casa argumentando que no se sentía bien. Alcatraz se fue a la escuela, pero regresó al rato porque se había olvidado una tarea muy importante. Antes había llamado a su madre para que se la alcanzara y así no tener que regresar, pero su madre estaba ocupada con su hermanito en el médico. No le quedó otra alternativa que ir ella misma por la tarea. Al llegar a la casa, vio el auto de Leonardo y su corazón empezó a latir muy fuerte. Tuvo una horrible corazonada y le pidió a Dios que se tratara de una pesadilla, pero no fue así. Al entrar a la casa corrió al cuarto de Carolina y pudo ver lo que sus ojos necios no se atrevían a enfrentar. Leonardo y Carolina estaban en la cama. Alcatraz salió corriendo y no hubo alma que la detuviera. Leonardo trató de explicarle, pero no quiso escucharlo. Sabía que Carolina no la quería, pero que llegara al punto de quitarle a su novio no tenía perdón de Dios. Habían crecido como hermanas y todo esto hendía una profunda herida en el corazón de Alcatraz. Una vez más estaba sufriendo por amor. ¿Por qué le sucedía todo esto? No regresó a la casa hasta muy tarde. Su madre se cansó de esperarla y se quedó dormida. Ella se encerró en su cuarto a llorar. Sacó tres frascos de pastillas de su mochila y los vació arriba de la cama. Tomó una botella de tequila e ingirió todas las pastillas. ¡Estaba tratando de suicidarse! Se quedó dormida y cayó en un sueño profundo en el que pudo ver a su papá. Rigoberto Vallarta llevaba en brazos a una bebita a la que le cantaba mientras bailaba con ella.

—¡Mi Paloma Blanca, mi Paloma Blanca! —gritaba Rigoberto. Mientras él cargaba a la bebé, una mujer vestida de negro lo seguía por detrás y finalmente se lo llevó con ella. Él dejó caer a su paloma blanca al piso. Alcatraz despertó de ese sueño horrible gritando como si la estuvieran atacando.

Su madre apareció en su cuarto de inmediato para ver qué había sucedido y se encontró con los frascos de pastillas y la botella de tequila vacíos.

—¿Se puede saber qué chingados te pasa? ¿Qué es todo esto? —inquirió.

Alcatraz se sentó en la cama y sintió cómo todo le daba vueltas. Se preguntó a sí misma por qué no estaba muerta.

—Pasa… pasa que esa golfa de Carolina se metió con mi novio, madre. Pasa que estoy harta de esta vida que me tocó. ¿Si no me querían para qué me trajeron al mundo? ¡Ya no aguanto más! —dijo Alcatraz desahogándose.

Angélica no le creyó ni una palabra. Se paró y salió del cuarto muy enfadada. Pasados unos minutos, Angélica y Joaquín volvieron al cuarto de Alcatraz. Lo que sucedió después fue la gota que rebasó el vaso. Joaquín, furioso y en defensa del honor de Carolina, le dio una tremenda tunda. Angélica no hizo nada para detenerlo. Una vez más, abandonó a su hija. Joaquín era más fuerte que Alcatraz, por lo tanto pudo más que ella. De un golpe la tumbó al piso, le bajó los pantalones y la ropa interior, y le pegó doce veces con la mano. Alcatraz gritaba y lloraba pidiéndole que se detuviera, pero su madre simplemente volteó para el otro lado como si no existiera. Alcatraz quedó tendida en el piso, temblando y dolorida cuando su madre le dijo que ya no la quería ahí. Que le daba un día para que empacara sus cosas y se largara de su casa. Al día siguiente, Alcatraz se marchó de ese infierno. Se fue con el corazón roto y un cuerpo adolorido por la golpiza que le había propinado su padrastro. Ya no tenía fuerzas para vivir. Quería estar seis pies bajo tierra al igual que su padre.

Capítulo 10

César Duarte conoció a Alcatraz en la iglesia donde ella era parte del coro.

—¿Cuántos años tienes muchacha? —le preguntó.

Ella contestó que tenía diecisiete años.

—¡Perfecto! Eres genial para mi proyecto —le dijo entusiasmado.

—¿Genial para qué proyecto? No entiendo.

—No te asustes, muchachita. Estoy armando una banda femenina. Tengo tiempo viniendo y te he estado observando y me di cuenta de que cantas precioso. Necesito a una última integrante para que mi banda esté completa.

—¿Integrante? ¿Yo? Creo que pierde su tiempo señor —dijo ella.

—Mija, tienes talento. Solo que aún no lo has descubierto. Pero tú serías la baterista y segunda voz de la banda. Y ya con el tiempo tal vez te ascienda a primera voz.

Los ojos de Alcatraz brillaron de ilusión porque en el fondo de su corazón deseaba ser parte de un grupo y hacer lo que tanto amaba. Pero tenía que trabajar para mantenerse. Cuando su madre la echó de casa, se fue a vivir con una amiga y trabajaba en una pizzería para costear sus gastos. Los domingos y los miércoles le cantaba a Dios. El altar de la iglesia era su escenario. La propuesta de César Duarte la animó un poco y ella aceptó ir al día siguiente por la tarde al lugar donde estarían ensayando. Aún era menor de edad y eso la preocupaba. No sabía si la dejarían entrar a una banda sin el consentimiento de su madre. Pero iba a intentarlo de cualquier manera. No había vuelto a ver a su madre desde aquel día en que la corrieron, pero de vez en cuando se comunicaban por teléfono. La madre le había insinuado en dos ocasiones que regresara a la casa, pero Alcatraz no quiso hacerlo. Ahora que finalmente había logrado salirse de vivir con su madre y Joaquín, experimentaba una sensación de libertad. Podía hacer muchas cosas que en su casa estaban mal vistas. Si ella quería leer, estudiar o practicar música, la tildaban de floja. No le permitían decidir sobre su propia vida. ¡Hasta sus pensamientos querían controlar! Por esa razón, no quería volver. Pero había una razón más fuerte que ninguna otra: su hermanastra Carolina. Ella aún vivía en la casa y ella no estaba dispuesta a vivir bajo el mismo techo que la persona que le había quitado a su novio. Además, sabía que Joaquín había contratado a Leonardo para ciertos trabajo que requerían que él pasara mucho tiempo en la casa. No podía siquiera imaginar volver a la casa donde la habían hecho sufrir tanto abuso, violencia y maltrato emocional. Prefería morir que volver.

Alcatraz tocó a la puerta y una joven le abrió. La recibió con una sonrisa y le preguntó cómo la podía ayudar.

—Sí, buenas tardes. Mi nombre es Alcatraz Vallarta. El señor Duarte mi citó aquí.

—¡Ah, mira! Perfecto, sí, adelante. Yo soy Ana. Solo te

estábamos esperando a ti para comenzar con la junta. Adelante.

Alcatraz entró a la casa de César Duarte con el corazón muy acelerado. Estaba muy nerviosa y asustada. Era muy tímida y debido a tantas cosas que había vivido a tan corta edad, dudaba de su propio potencial. Había siete muchachas sentadas en la sala. Unas en el suelo y otras en las sillas. César Duarte volteó y le dio mucho gusto verla allí. La presentó con todas y luego empezó a hablarles sobre el gran proyecto que tenía en mente para ellas. Alcatraz escuchó con tanta emoción que parecía una pequeña viendo su película favorita. César estaba planeando crear una banda musical con mujeres que estuvieran dispuestas a entregar todo su talento en los escenarios. Su idea era crear una imagen decente de la mujer en el medio musical. Pues solía suceder que cuando las mujeres andaban en ese medio, se las tildaba de golfas o de que habían hecho cosas indecentes para llegar hasta ahí. Duarte, sin embargo, quería formar algo nuevo y diferente. Quería que el público reconociera el verdadero talento de la mujer en el medio. Las iba a formar para que tuvieran éxito. Además de ser el dueño de la banda, también sería su maestro de música. Las educaría tanto en la música como en la conducta. Mientras más hablaba de su plan, más se emocionaba Alcatraz. Ella no sabía tocar ningún instrumento y el hecho de que el señor Duarte le enseñara a tocar la batería, le generaba mucha expectativa. Solo había escrito algunas canciones de niña y lo poco que sabía cantar era porque ella practicaba sola o en el coro. Todo esto parecía ser un sueño del cual ella no quería despertar.

Las siguientes semanas, César Duarte puso a andar su

plan. Las muchachas, incluida Alcatraz, debían ensayar dos veces por semana. En algunas ocasiones, les pedía que fueran un día extra a la semana según el progreso de cada una. Alcatraz estaba tan sorprendida de la capacidad que tenía para entender todas las reglas de la música. Al principio, la batería la intimidó bastante porque nunca en su vida había probado una, tampoco las baquetas. Ni siquiera había tocado un tambor. La única vez que quiso hacer un escándalo musical fue con las cazuelas de su madre y le fue muy mal. Su madre le puso una buena tunda. Si en lugar de castigarla de la forma que lo hizo se hubiera dado cuenta de que su hija tenía tanto amor por la música y deseaba aprender a tocar y cantar desde pequeña...

César Duarte era un magnífico maestro y le tuvo mucha fe y paciencia a Alcatraz. Para facilitarle el aprendizaje, le hizo unas notas para la batería, para que se aprendiera los ritmos básicos del tipo de género de música que ellas tocarían. Su idea era hacer algo diferente a lo que hacían los demás músicos. En este tiempo, el género que más se oía era el duranguense. Este tipo de música ponía a todos a bailar en cualquier evento. Y Duarte quería tocar este ritmo, pero con un poco de estilo de quebradita y cumbia. Bien, la idea era tan genial que contó con el apoyo económico de promotores para formar la banda. Fueron muchas horas de trabajo invertidas por parte de César y de las integrantes. Como Alcatraz no tenía quién la llevara y la trajera de los ensayos a su casa, tenía que tomar dos camiones. Esto le trajo problemas con la madre de la amiga con la que estaba viviendo. La señora Olga le cuestionó las salidas y, aunque Alcatraz le explicara muchas veces que era algo sano y que era su sueño, Olga no lo entendió. Todavía se complicaría más. La bomba estalló el día después del debut de Alcatraz como baterista.

El día del evento Alcatraz estaba emocionada, nerviosa y también un poco triste. Estaba triste porque hubiera deseado tener a su madre entre el público aplaudiendo y echándole porras. Sin embargo, estaba allí parada sobre el escenario sola. La nostalgia se le quitó rápido cuando el conductor abrió el baile presentándolas.

—¡Con ustedes… Las Damas de la Música!

Dalia inició con el teclado y a los cuatro tiempos entró Alcatraz en la batería. Hizo un redoble, luego le pegó al platillo y comenzó a tocar el ritmo de charanga. Era pura adrenalina. Aunque estaba nerviosa, tocó con gracia y fuerza. Este era su momento. En el escenario podría ser cualquier persona y podría hacer cualquier cosa. Eso es, la música le daba la libertad que tanto anhelaba. ¡Pero caramba! Qué distinto era tocar en la sala de César Duarte a estar tocando sobre un escenario y ver cómo los demás bailaban al ritmo de su música! Su debut esa noche había sido un éxito. Pero esa alegría se le fue apagando poco a poco. Al día siguiente, solo durmió unas cuantas horas porque tenía que levantarse para ir a la escuela. Casi no prestó atención durante las clases porque no podía dejar de revivir una y otra vez lo sucedido la noche anterior. Al salir de la escuela, se fue de inmediato a la casa para hacer su tarea e irse a trabajar. Pero se llevó la gran sorpresa de encontrar a su madre esperándola en la casa de su amiga.

Capítulo 11

No sabía por qué la señora Olga había llamado a su madre para contarle tantas mentiras. Le dijo que ella había querido ser buena con Alcatraz porque era la mejor amiga de su hija, pero que no estaba dispuesta a mantener a una muchachita callejera y loca. La madre de Alcatraz fue por ella bastante furiosa y la obligó a regresar a la casa. Si bien en principio ella se reusó, no tuvo más opción que hacerlo. Su madre la amenazó con encerrarla una vez más en el internado para jóvenes rebeldes. Le impusieron varias condiciones, pero lo que más le dolió fue que debería dejar la banda. Su madre no quiso entender razones ni explicaciones. Cuando su madre decidía algo, se tenía que cumplir al pie de la letra. Estaba atrapada por no tener la mayoría de edad para decidir por sí sola. El regreso a la casa fue un martirio. Lo único que la alegraba de ese lugar era su pequeño hermanito. Era pequeño y no entendía lo que sucedía. Pero le preocupaba que quizás le tocara el mismo destino que a ella. No soportaba ver a Joaquín ni a Carolina, pero las tripas se le retorcían cuando veía aparecer a Leonardo. En algunas ocasiones, él se acercó a hablarle. Si bien lo rechazaba, al final terminaba cediendo porque aún sentía algo por él. No podía borrar la imagen de él y Carolina en la cama, pero cuando lo tenía cerca, no lograba resistirse al calor de su cuerpo.

Los viernes por la tarde le tocaba lavar la ropa de todos en el piso de arriba. Ese día ella pensó que estaba sola y se asustó mucho cuando sintió las manos tibias de alguien que la tomaba por la cintura. Cuando volteó, sus ojos se toparon con los de Leonardo que le arrebató un beso que ella correspondió. Este no fue el único encuentro que tuvieron. Pero llegó un día en que sintió que era parte de un juego sucio y perverso. Ya no podía seguir enamorada de él y mucho menos después de lo de Carolina. No entendía cómo todos actuaban como si nada hubiera sucedido después de aquel fastidioso episodio. La única explicación posible era que ahí nadie la quería. Lo único que querían su madre y Joaquín era verla infeliz y quitarle todo lo que ella amaba. Una vez más, notó que estaba cayendo en la desesperación y quería buscar una salida. Extrañaba mucho la música, pero tenía prohibido volver a involucrarse con la banda. No sabía cómo hacer para soportar esos meses que le quedaban hasta cumplir la mayoría de edad. Así que intentó conversar amablemente con su madre para que le diera permiso de regresar a la banda. Después de miles de súplicas, su madre aceptó. Sintió cómo poco a poco su cuerpo revivía. César Duarte estuvo de acuerdo en que ella regresara, pero pidió que la madre o el tutor legal la acompañara al ensayo, aunque fuera una vez. Quería asegurarse de que la integrante de su banda asumiera un compromiso formal. Siendo la baterista, era una pieza fundamental. Podría faltar cualquiera, menos la baterista. La batería es la que lleva el ritmo de toda melodía o canción. César Duarte no quería tener que detener sus proyectos nuevamente por falta de ese componente clave. Lo que pedía era justo. La madre de Alcatraz fue al ensayo para conocer a las demás integrantes y para hablar con el señor Duarte. Alcatraz estaba feliz porque de cierta manera había conseguido que su madre fuera a verla tocar. Ese día trató de lucirse para que su madre estuviera orgullosa. Su madre se mostraba muy amable y gentil con todas las muchachas y actuaba como si de verdad estuviera de acuerdo con que su hija se dedicara a la música. Al final del ensayo, César Duarte le entregó una hoja con las fechas y los lugares donde la banda tocaría los seis meses siguientes. Uno de los puntos de la gira era Nebraska. César tenía que garantizar que los padres de las menores estuvieran al tanto de esas salidas y, por supuesto, tener su consentimiento. Angélica estuvo de acuerdo con todo lo que se le dijo ese día. Se comprometió a apoyar a su hija con su sueño mientras ella siguiera sacando buenas calificaciones. Fue la mejor noticia. Su madre finalmente la apoyaba para que cumpliera sus sueños. Lamentablemente, a sus palabras se las llevó el viento porque nada de lo que dijo ese día luego sería cierto.

Finalizado cada evento, Alcatraz llegaba de madrugada y siempre había alguna queja o discusión esperándola. En ocasiones, regresaba a casa después de algún evento a las cinco de la mañana y su madre no la dejaba dormir más de tres horas. A las ocho de la mañana ya la quería de pie y ayudando con los quehaceres. Con el tiempo, la falta de sueño comenzó a sentirse. Su madre la trataba de holgazana por querer dormir hasta tarde, pero Alcatraz pensaba que solo lo hacía para tener un nuevo motivo para prohibirle estar en la banda. Aceptaba todo lo que su madre decía o hacía con tal de continuar en la banda. Trató de ignorar a su madre y se decía a sí misma que ya tendría tiempo para dormir en la noche.

Para colmo, Alcatraz tenía una batería en casa que le había regalado César Duarte para que pudiera practicar todos los días. Tampoco se le permitía tocar porque hacía mucho ruido. Alcatraz habló con César Duarte, que le sugirió que fuera más seguido a su casa a ensayar para no molestar a nadie, pero ante esto, también le llamaron la atención. Se desesperó por tener tantas limitaciones. Pensó en hablar con su madre para preguntarle por qué actuaba así cuando en realidad había acordado que la apoyaría, pero tuvo miedo y prefirió callar. El fin de semana que la banda fue a Nebraska a tocar a un evento, Joaquín, por orden de Angélica, cambió las chapas de la puerta para que ella no pudiera entrar al regresar. Alcatraz estuvo tres días en Nebraska y cuando regresó, se llevó la sorpresa de que sus llaves no funcionaban. Eran las tres de la mañana, estaba cansada y un poco asustada porque estaba sola en la calle. Pensó en quedarse a dormir afuera, pero cambió de opinión cuando vio a unos borrachos que andaban por ahí cerca. Se fue a la casa de la vecina y le tocó la puerta. Cuando la vecina abrió la puerta, lo primero que hizo Alcatraz fue disculparse por molestarla a esa hora, pero le explicó lo que pasaba. Tampoco tenía celular como las demás personas que conocía. Si hubiese tenido un celular, habría podido hablarle a su madre para que la abriera la puerta. Pensó que con el dinerito que había sacado de este evento se compraría uno barato para tenerlo a mano para cualquier emergencia.

Los regaños e insultos duraron toda la semana. Angélica afirmaba que ella no estaba al tanto de ningún evento en

Nebraska. Le echó el rollo de que era ilegal salir del estado sin la autorización de su tutor legal o sin una carta de permiso notarizada dado que era menor. Fue un martirio tener que oír tanta barbaridad. Se sentía atrapada y atada a las ideas absurdas de su madre. En esos momentos, extrañaba mucho a su padre y a sus abuelos. Pero desde que su madre se había casado con Joaquín, hablar de su padre estaba totalmente vedado. Incluso, esa misma semana, descubrió que su madre y Joaquín hablaban mal de ella a sus espaldas. No entendía cómo una madre podía prestarse a esas cosas. El día que lo supo iba llegando del ensayo y venía muy contenta porque les acababan de dar la gran noticia de que el coordinador de eventos del grupo Los Terrícolas estaba interesado en firmar un contrato con su banda para una gira por México y varios estados de los Estados Unidos. El contrato sería por un año y les daría la gran oportunidad de darse a conocer. Las Damas de la Música ya tenían una buena cantidad de seguidores a nivel local. Si lograban tocar en México y el resto de los Estados Unidos, su público se multiplicaría. ¡Esto era grandioso! Alcatraz entró en la casa para contarles esta gran noticia, pero se detuvo al escuchar unos susurros. Eran su madre y Joaquín hablando en voz baja, pero de cualquier manera se entendía lo que decían.

—No, esto ya es mucho. ¿Esa hija tuya piensa que aquí es un hotel o que chingados? —protestaba Joaquín.

—Eso mismo pensé yo. Esta mujer llega, se baña y se duerme, y al día siguiente se larga. Hace lo mismo a diario.

De repente, Joaquín se dio cuenta de que Alcatraz estaba escuchándolos y le hizo una seña con el cabeza a Angélica. Alcatraz actuó normal, saludó y se fue de inmediato a su habitación. En cuanto cerró la puerta, le brotaron lágrimas incontenibles. No podía creer cómo hablaban de ella. Lo único que estaba haciendo era luchar por su sueño. Iba a la escuela de lunes a viernes, luego ensayaba tres veces por semana y el fin de semana tocaba en sus eventos. ¿Por qué su madre no podía estar orgullosa de ella? ¿Por qué razón no podía entender el gran amor que ella tenía por la música? Estas y muchas más preguntas la atormentaron toda la noche. Lloró hasta que sintió que sus ojos estaban tan secos como el desierto de Arizona. Nunca le dio la gran noticia a su madre porque creyó que ni así estaría orgullosa de sus logros. A veces sentía que su madre en verdad la odiaba. Quizás fuera por haberse escapado a la casa de Alonso con solo doce años, o porque era hija de su papá, que las había dejado solas al morir. Esa noche se llenó de culpa, de tristeza y de pensamientos negativos.

Capítulo 12

F altaba poco para las fiestas navideñas y, como de costumbre, algunos promotores se reunían para organizar la gran fiesta del año que solía realizarse cada 22 de noviembre por ser el día del músico. Pero este año pensaban hacer la fiesta una semana antes de Navidad. Era un evento enorme y hermoso. Tocaban más de treinta bandas locales y una banda de otro estado. La banda en la que tocaba Alcatraz había sido reconocida como mejor banda femenina del año y les darían un premio esa noche —cosa que para ellas era una sorpresa—. Solo les habían enviado una cordial invitación para que asistieran al evento. A cada integrante se le dio un pase para que llevaron consigo a otro invitado. Alcatraz invitó a su madre, pero le dijo que lo pensaría. Buscó algo muy bonito para ponerse ese día. No tocaría, pero tenía que lucir como un músico importante. Aunque Alcatraz ya había cumplido la mayoría de edad meses atrás, aún no se le permitía decidir por sí sola. Ahora la cantaleta era que mientras viviera bajo el techo de ellos, tendría que obedecer en todo. Ella no tenía dónde ir, ni tenía un trabajo estable para poder mantenerse, así que trató de aguantarse lo más que pudo.

Llegó el gran día del evento y Alcatraz se levantó muy temprano para ayudar en la casa con las tareas. Quería hacer todo bien ese día para que su madre estuviera contenta. Esperó con ansias que se dieran las cinco de la tarde para ponerse bonita e irse al evento. Pero cuando ya era la hora y su madre vio que se ponía bella, le preguntó por qué se arreglaba tanto. Alcatraz sintió correr un frío por su espalda.

—Hoy es el evento del músico, ma. ¿Qué no recuerda? —le contestó.

Su madre movió la cabeza y le dijo que ella no recordaba de ningún evento y que por lo tanto no podría ir. En ese momento Alcatraz recordó la historia de la Cenicienta que luego de haber limpiado todo el día para poder ir al evento del príncipe por la noche, su madrasta y hermanastras le destruyeron el vestido para que no tuviera qué ponerse. En este caso, era su propia madre la que estaba destruyendo poco a poco su ilusión, solo le faltó que le descosiera el vestido como a Cenicienta. Como deseó en ese momento tener un hada madrina que la ayudara a llegar al evento. Como sabía que eso era imposible, se llenó de valor y enfrentó a su madre por primera vez.

—Mire, madre, yo iré a ese evento aunque usted no me deje. Ya tengo dieciocho años. Por lo tanto, usted no me puede detener. Este evento es muy importante para mí. Y es el primero al que asisto. Así que me perdona, pero yo voy a ir así a usted no le guste.

Su madre enfureció mucho al oír cómo su hija la enfrentaba de esa manera. La tumbó de una cachetada y le gritó que si se atrevía a ir a ese evento que se llevara sus cosas porque no la quería más en su casa. Que si no podía respetar las reglas de la casa, entonces se podía largar. Alcatraz se sentía entre la espada y la pared. Si iba al evento más importante del año, estaba jodida porque no tendría donde vivir; pero si no iba, sería prisionera de su madre por el resto de su vida. Pero muy en el fondo de su corazón, sabía que debía de ir al evento. Sacó su celular y le envió un mensaje a otra de las integrantes pidiéndole que fuera por ella para que le diera un aventón. Su corazón latía a mil por hora, pero por primera vez en su vida estaba tomando una decisión propia. Correría el riesgo de que su madre la echara de la casa, pero sabía que valdría la pena. Realmente deseaba que su madre solo estuviera bromeando. Salió de su habitación rumbo a la cocina donde estaba su madre sentada mirando la telenovela.

—Ya me voy. Iré al evento porque es muy importante para mí —dijo luego de tomar coraje.

Al decir la última palabra, le tembló un poco la voz porque nunca en su vida había retado al ser que le dio la vida, pero había llegado a su límite de tolerancia. Su madre entendió estas palabras como una ofensa y nuevamente le advirtió que si salía por esa puerta más vale que no regresara. Alcatraz no quiso escuchar más sus amenazas y salió por la puerta. Esperó a la muchacha que iría por ella y por un momento pensó en regresar a la casa, pero internamente una voz le decía que se fuera. Se permitió escuchar a esa voz y se fue al gran evento del año.

Al llegar, saludó a muchos músicos conocidos y otros que nunca había visto. Estaba fascinada por tener esa oportunidad de conocer a tanta gente del medio. Trató de disfrutar al máximo esa noche, aunque por dentro seguía un poco inquieta por lo que le había dicho su madre. Si era verdad, tendría que buscar dónde vivir y un nuevo empleo. A pesar de tener dieciocho años, aún era muy ingenua e inocente. No conocía los males del mundo ni sabía distinguir entre la gente buena y la gente llena de veneno. Estaba dándole vueltas a sus pensamientos, cuando César Duarte la interrumpió para decirle que lucía muy hermosa pero que la notaba triste. Ella le dio las gracias y lo negó. Tomó un vaso con refresco y siguió caminando por el salón para continuar saludando a los presentes. Entabló una conversación con el promotor más famoso de la ciudad. El señor Horacio Quintero era el hombre que contrataba a las bandas más famosas de México para que fueran a tocar a Indiana. Estaba platicando con él cuando alguien en la pista llamó por completo su atención. Vio a un muchacho que la dejó boquiabierta. El apuesto joven, de unos veintitrés años, estaba bailando con una hermosa y sexy muchacha. Alcatraz no lo conocía, pero sintió celos de ella.

—Cierra la boca, boba —le dijo una de sus compañeras de banda.

Alcatraz sonrió y trató de disimular lo mucho que le atraía. Para ella era el hombre perfecto. Después de la traición de Leonardo, no había vuelto a fijarse en ningún otro hombre. Había andado con otro muchacho, pero las cosas no funcionaron porque ella no lo quería y optó por terminar la relación. En cambio, en ese momento sintió algo tan intenso y tan fuerte que no lo podía explicar. Pensó que quizás ella sería su novia o esposa por la manera en que la agarraba. Ese pensamiento la ayudó a bajar rápidamente de esa nube y buscar una silla para sentarse al ver que el conductor subía al escenario y tomaba el micrófono. Se presentó y les dio la bienvenida a todos. Mientras hablaba, una banda subió al escenario a acomodar sus instrumentos para tocar. Alcatraz siguió tomando su refresco y miraba con atención

Capítulo 13

El conductor gritó en el micrófono…

—¡Con ustedes la banda La Eternidad de Santiago!

El baterista comenzó a tocar, lo siguió el tubero y al final los instrumentos de melodía se integraron con el ritmo.

—Muy buenas noches, mi querida gente. Espero que la estén pasando muy bien. Esta noche es corta así que no pierdan tiempo, levántense para bailar y arrancamos… brrrrrrrrrrrrrr… aaaaaaaaaaaaa —anunció el cantante.

Alcatraz por poco deja caer el refresco al ver que el cantante sobre el escenario era el mismo que la había dejado babeando minutos atrás. No podía creer que el hombre que había provocado que se detuviera su respiración también hiciera lo que ella tanto amaba. Ahora con más razón, prestó atención a sus movimientos y a su manera de cantar.

—¡Guau! ¡Qué hermoso canta mi amor platónico! —se dijo a sí misma.

Casi se desmaya al ver que el joven se había dado cuenta de que ella lo observaba y volteó a verla. Y durante toda la canción se dirigió a ella como si le estuviese cantando directamente. Alcatraz por poco pierde la cordura de los nervios y la emoción que sentía. Pero recordó a la mujer con la que él bailaba y trató de buscarla entre la gente. Vio que andaba bailando con alguien más. Quizás él no era celoso y por eso ella bailaba con otros hombres. Un poco antes de que la banda terminara con su hora de tocada, el joven cantante se acercó un poco más el micrófono.

—Esta canción con la que vamos a terminar siempre se la dedicaba a las mamacitas con piel de azúcar, pero esta noche se la dedico a esa mamacita con piel de azúcar. ¡Para ustedes, un temazo interpretado por el gran José José…¡Piel de azúcar! —anunció con voz seductora.

Las trompetas dieron inicio al tema, luego el redoble de la batería invitó a la tuba. Todos los integrantes de la banda bailaban de un lado a otro siguiendo el ritmo de la canción que decía así…

Te recuerdo todavía
Con la cara desvelada
La sonrisa en tus mejillas
Y el verano a tus espaldas…

Todos aplaudieron y silbaron al ver que el cantante apuntaba a la bella Alcatraz y le dedicaba la canción. Alcatraz se sonrojó, pero fue tanta su alegría que se le olvidaron todas sus penas. La muchacha con la que él había bailado antes se quedó mirándola. Después de esa dedicatoria, sin embargo, no hubo nada que opacara la sonrisa de Alcatraz.

Intentó regresar a su casa, pero una vez más no logró abrir la puerta porque su llave no funcionaba. Estaba a punto de llorar

Capítulo 14

Pasaron cuatro meses y Alcatraz estaba tratando de acoplarse a su nueva vida como adulta. Había conseguido un trabajo en una pequeña cafetería cerca de la casa de la señora Hilda. Le faltaban unos meses para terminar la escuela y así se podría dedicar de lleno a la música y al trabajo. Ella se partía en cuatro porque dividía su tiempo entre la música, la escuela, el trabajo y los quehaceres en su nuevo hogar. Fue muy difícil este cambio para ella; sin embargo, nunca perdió la fe. La música le seguía dando ese alivio que tanto necesitaba. Y fue en ese tiempo que también empezó a conocer a Dios. La señora Hilda era muy religiosa y siempre andaba con su Biblia compartiendo con Alcatraz las maravillas de Dios. Esto le fascinaba porque le encantaba saber que Dios nunca la abandonaría. Durante el día, fingía una sonrisa en su rostro, pero por las noches, lloraba porque se sentía sola. Pensaba mucho en su madre, sus abuelos y su padre. Pensaba que también había perdido a su madre después de la muerte de su padre. Ella nunca volvió a ser la misma y eso le partía el corazón, pero tenía que resignarse a su destino. Pensaba en la nota en blanco que ella y su abuela le habían dejado a su padre aquel día debajo de la piedra. Sonreía pensando cómo su abuela había sido capaz de inventar eso para alegrarle la vida. La idea fue genial porque durante años ella en verdad creyó que su padre le había escrito. Descubrió que eso era mentira recién tras una plática de su madre y su abuela. En ese momento se enojó mucho e incluso se reusaba a hablar con su abuela. Desde ese día ya no había sabido nada de ella. Y en ese momento que se encontraba llorando a solas por la noche lamentaba mucho la forma en que la había tratado. Su abuela solo lo había hecho por amor y ahora estaban distanciadas. Podía tomar el teléfono y llamarla, pero el orgullo ganaba y le costaba mucho pedir disculpas. Hubiera querido que todo fuera cierto para poder escribirle a su padre y que él le contestara. Se dio cuenta de que ella estaba igual que esa nota: en blanco.

Estaba sentada en el banquito frente la batería y podía sentir la adrenalina correr por su cuerpo. Antes de subirse a la tarima a tocar siempre sentía nervios, pero una vez que les pegaba a los tambores con sus baquetas, todo se convertía en magia. Ella se soltaba y fluía con el ritmo y la melodía de la canción. Su banda estaba a cargo de abrir el baile esa noche. Eran las primeras en tocar porque luego tenían más eventos. Mientras tocaba la batería con toda su pasión, pudo sentir que alguien la observaba. Generalmente, la observaban porque era muy inusual que una mujer tocara la batería, pero aún más inusual era que tocara tan bien y con tantas ganas. En principio, siguió tocando sin voltear a ver quién la miraba, pero le curiosidad le ganó y giró su cabeza a la izquierda. ¡Vaya sorpresa que se llevó! El que tanto la observaba era el joven de la noche del evento del músico que la dejó hechizada con sus encantos. Se puso un poco nerviosa y se sonrojó al ver su enorme y perfecta sonrisa. Se sintió volar, pero rápidamente se enfocó en su tarea. Cuando terminaron de tocar, mientras desarmaba y guardaba su batería, sintió que alguien le hablaba desde atrás.

—Hola, ¿me regalas un minuto?

Sabía que era él y pensó: "Te regalo hasta una hora". Nerviosa le respondió que sí. Terminó de guardar todo, se bajó del escenario y caminó hasta él. Tenía una sonrisa encantadora y sumamente atractiva. Le extendió la mano y tomó coraje.

—Hola, ¿de qué quieres hablar?

—¿Cómo te llamas?

—Me llamo Alcatraz ¿y tú?

—Pablo. Mucho gusto. Mira, disculpa el atrevimiento, pero desde que te conocí me gustaste mucho. Quise hablar contigo después del evento del músico, pero tú ya no estabas. No he dejado de pensar en ti y en esos ojazos tan preciosos que tienes.

Esto no está pasando —pensó Alcatraz—. No podía creer que este joven por el cual enloquecía sintiera lo mismo por ella. Bueno, quizás no estaba loco por ella, pero le gustaba y eso ya era bastante. Se sintió una tonta porque no le salían las palabras. Entonces, él le preguntó si podía invitarla a salir después del evento. Ella le explicó que tenía otros dos eventos pendientes esa noche pero que podría al terminar. Hablaron un poco más y acordaron el horario y el lugar donde él la recogería para ir a su primera cita. Luego de descargar los instrumentos de la camioneta, ya estaba libre. Previo a su cita, trató de arreglarse un poco.

Al salir, traía el pelo mojado y apenas peinado con agua, pero pensó que Pablo podría entender ya que él también era músico y sabía muy bien cómo funcionaba todo esto. Lo buscó entre los autos estacionados afuera pero no logró verlo hasta que él le hizo seña de luces. Estaba estacionado enfrente en una camioneta blanca. Se bajó de la camioneta y la esperó con una enorme sonrisa. Se saludaron y, en un gesto de caballerosidad, él le abrió la puerta. Ella creyó estar soñando. Simplemente era encantador. Subió a la camioneta y fueron a una fonda cercana que estaba abierta a pesar de la hora (eran las cuatro de la mañana). Alcatraz sintió algo extraño. Al ver a Pablo de lejos había sentido un flechazo, pero ahora que estaba ante él tenía un feo presentimiento. Tenía apariencia de ocultar cosas y un aire de Don Juan. Había leído muchas novelas acerca de hombres con ciertas características que demostraban su carácter de mujeriegos. Esperaba estar equivocada, pero mientras más lo miraba, más se convencía de que algo ocultaba. Tomaron un poco de café y charlaron. Ella le preguntaba cosas y él contestaba brevemente. Una razón más para pensar que escondía algo oscuro. Entonces ella se puso seria.

—Creo que me ocultas algo. No te ofendas, pero tienes cara de mujeriego —respondió Alcatraz.

Soltó una carcajada al oír este comentario. Ella se sintió un poco tonta, pero no podía callarlo. La tranquilizó diciéndole que solo eran cosas de su imaginación y que frecuentemente lo tildaban de ese modo.

Capítulo 15

Pablo y Alcatraz llevaban varios meses de ser novios. Ella estaba profundamente enamorada de él, más de lo que imaginó que podría amar. Ella seguía activa en la música y trabajaba por las mañanas. Pero notó que Pablo se empezaba a apoderar más y más de su pensamiento. Aún disfrutaba de tocar en la banda, pero faltaba más a los ensayos por estar con él. Aunque lo amaba y deseaba casarse con él, esa vocecita interior le seguía diciendo que él ocultaba algo. Trató de pasar por alto ese pensamiento y lo entendió como miedo y desconfianza por lo que le había pasado con su hermanastra. Una traición como esa no era fácil de olvidar —pensó ella—. Aparte de tener la sospecha de que él ocultaba algo, notó que tenía algunos hábitos un tanto desconcertantes. Nunca la invitaba a ningún lugar y, de hacerlo, era ella quien terminaba pagando la cuenta. La llamaba solo ciertos días y a ciertas horas, y si quería hablar con él, no siempre contestaba las llamadas. Cuando había alguna reunión en la casa de Alcatraz y él pasaba a recogerla, ella notaba que mientras la esperaba él solía platicar con las mujeres presentes en la reunión, pero en cuanto ella salía, él se callaba. Ya le había dicho una señora que Pablo era muy coqueto, pero que en el momento en el que ella aparecía, se hacía el desentendido. Nuevamente, el amor pudo más que todas las pruebas que le ponía Dios para que ella se alejara de él. Un día, Alcatraz decidió caerle de sorpresa a Pablo en el sitio donde él ensayaba con la banda. Al llegar se encontró solo al dueño de la banda sentado afuera. Ella había llegado mucho más temprano que los integrantes. Ambos se saludaron y el dueño la invitó a sentarse a esperar que llegara Pablo. Mientras platicaban, él le preguntó que cómo iba la relación entre ellos. Alcatraz respondió que muy bien.

—Me alegro de que estés bien. Pensé que quizás tú no ibas a querer nada serio con él por lo de su hija, pero se ve que se quieren mucho —le soltó luego de respirar profundo.

—¿Su hija? ¿De qué rayos estás hablando?

—Del bebé que acaba de tener hace algunos meses atrás. Hasta llegó aquí bien contento y nos mostró una foto —explicó.

Alcatraz sintió descomponerse ante el dolor de estómago que le provocó el sentimiento de imaginarse traicionada por Pablo, su querido y amado Pablo. No pudo esperar a que llegara y prefirió irse. No lo quería ver. No quería volver a saber de él. Se fue de ahí llorando. No podía ser que una vez más estuviera llorando por la traición de un hombre. Llegó a la casa prácticamente gritando de angustia, pero se detuvo al ver a la señora Hilda parada en la cocina. Pensó que no había nadie en la casa y le dio pena haber entrado de esa manera a la casa.

—Alcatraz ¿pero qué tienes?

—Nada, Señora Hilda. Extraño a mi madre por eso estoy así.

—¡Eso es mentira y tú lo sabes! ¿Dime qué te pasa? ¿Qué te hicieron? —preguntó.

Alcatraz no tuvo escapatoria y le contó lo que había pasado. La señora Hilda estaba furiosa y prometió hablar con ese muchacho para que no se le volviera a acercar. Al poco rato llegó Pablo a buscar a Alcatraz, pero ella no lo quiso recibir. No le quedó otra alternativa que hablar con la señora Hilda. No le permitió entrar. Le dijo que si pensaba mentirle y lastimar a Alcatraz, que se largara de su vida. Pero Pablo logró convencerla de que todo había sido una confusión. Le dijo que la foto era de su sobrina. Le juró una y otra vez que no tenía hijos.

—Yo amo a Alcatraz. Quiero casarme con ella. De veritas, señora Hilda. Jamás, pero jamás, la lastimaría. Se lo juro.

Fueron las únicas palabras que necesitó para caer en sus mentiras. Le dio mucho gusto saber que todo había sido una confusión, así que lo dejó pasar para que pudiera aclarar todo con Alcatraz. Ella se resistió a escucharlo, pero la señora Hilda intervino y finalmente también creyó la explicación de Pablo. La señora Hilda era mayor y con mucha más experiencia así que a ella no podría engañarla. Se puso muy feliz y le dio un abrazo y un beso a su amado. Se fueron a caminar para continuar con la charla. Él le dijo muchas cosas bellas que dejaron aún más enamorada a Alcatraz.

Semanas después de la terrible confusión, ella decidió demostrarle su amor a Pablo entregándole su virginidad. Sabía que sería su esposa y, por lo tanto, era la persona a la cual le daría su más bello tesoro. No quiso que nadie sospechara. Lo invitó a la casa a cenar un día que no había nadie más que ella. Cuando Pablo llegó, no tenía ni idea de lo que iba a pasar. Ambos cenaron y platicaron de la música y de los eventos. Al terminar la cena, Pablo le dijo que ya era tarde y que se iría, pero ella lo detuvo. Lo tomó de la mano y luego acercó su cuerpo al de él y lo besó lenta y apasionadamente. Ese beso fue muy distinto a los otros besos que ella le había dado y él lo pudo notar. Enseguida respondió de la misma manera, pero ella lo detuvo para decirle: "Quiero ser tu mujer". Fueron las últimas palabras que pronunció esa noche. La llevó a la recámara y cerró la puerta.

Capítulo 16

Había sido su mujer. No lo podía creer. Ahora ambos eran uno solo. Estaba feliz y emocionada. Ella era inteligente y sabía cuáles eran las consecuencias de tener relaciones sexuales, así que fue muy precavida. Lo último que necesitaba en esos momentos era un bebé. Nada le importaba más a ella que estar con Pablo. A medida que pasaban los días, sintió aún más la necesidad de estar con él y tomó la decisión más absurda de su vida: dejar la banda. Amaba la música, pero amaba aún más a Pablo. Esa tarde lo llamó por teléfono y quedaron en verse. Cuando él llegó a recogerla, ella llevaba consigo una maleta y una caja. Él se quedó un tanto confundido y le preguntó por qué llevaba esas cosas. Sonriendo le pidió que cometieran una locura de amor.

—He estado pensando que ya no puedo estar ni un día sin ti. Así que he decidido irme contigo. De hecho, hoy por la mañana me despedí de la banda. Pensé que quizás tu podrías hacer lo mismo con tu banda y que podríamos irnos a vivir juntos. ¿Qué piensas?

Pablo se quedó sin saber qué decir. Este silencio puso a Alcatraz un tanto inquieta.

—Mira, sé que quizás todo esto te ha tomado por sorpresa, pero después de lo de anoche, quiero vivir contigo —quizás podríamos casarnos—. Tú sabes que yo era virgen y que quería que el primer hombre de mi vida fuese mi marido. Quiero que tu seas mi marido. Quiero tener hijos contigo y formar una familia. Si ambos nos dedicamos a la música, eso será imposible. Por eso tomé esta decisión. Por favor, dime algo, no te quedes callado —le dijo con lágrimas en los ojos.

Pablo siguió sin contestar, pero la tomó entre sus brazos y le dio un beso. Le susurró al oído que estaba de acuerdo y que pensaba igual. También deseaba casarse con ella y formar una familia. Los dos se rieron y partieron rumbo a su nueva aventura. Alcatraz estaba feliz porque deseaba con todas sus ansias formar una familia y sentirse amada. Quería, por fin, pertenecer.

Esa noche se quedaron a dormir en un hotel, pero al día siguiente Pablo y Alcatraz salieron muy temprano por la mañana a buscar al hermano de Pablo. Al no tener una vivienda adecuada para llevar a vivir a su mujer, pensó en pedirle a su hermano Federico que les rentara un cuarto. Llegaron a casa de Federico cerca del mediodía, previo desayuno y plática sobre sus nuevos planes. Estaban en plena luna de miel y Alcatraz parecía una chiquilla feliz e ilusionada con su amor. La cuñada de Pablo les abrió la puerta. ¡Vaya sorpresa que se llevó al verlo ahí parado junto a esa bella mujercita! Los hizo pasar y les ofreció algo de tomar. Pablo preguntó por su hermano y su cuñada Lupe le dijo que aún no llegaba del trabajo, pero que podían esperarlo. Se sentaron en el patio y bebieron limonada. Lupe no dejaba de chulear a la bella Alcatraz. No paraba de decirle a Pablo que su novia parecía una muñequita de porcelana. Se quedó aún más impresionada cuando supo que ella también tocaba en una banda al igual que Pablo. No solo era bonita, sino también talentosa.

Federico llegó a la casa unas cuantas horas después. Le dio mucho gusto ver a su hermano ya hacía meses que este no lo visitaba. Se abrazaron y luego Pablo le presentó a su novia. Pablo le hizo una seña a Alcatraz para que los dejara solos para poder hablar con su hermano. Alcatraz entendió el gesto y pidió usar el baño. Cuando salió del baño ya todos estaban reunidos en la sala riendo. Lupe los felicitó y les dijo que esa era su casa y que podrían quedarse el tiempo que quisieran. Solo tendrían que pagar una pequeña renta para ayudar con los gastos. El precio era justo y razonable, pensó Alcatraz. Se sentó a lado de su amado y no podía quitarse la sonrisa de la cara. Para festejar esa noche, ordenaron unas pizzas y refrescos. Comió y bebió como si se tratara de una gran celebración. Se fueron a la cama muy tarde. Iba a dormir con su amado y se sentía plena. Esa noche no durmieron y solo hicieron el amor.

Capítulo 17

Habían pasado varias semanas desde que Pablo y Alcatraz se fueron a vivir juntos. Alcatraz seguía en su trabajo y Pablo buscaba empleo, pero no encontraba nada. Ella trató de tenerle paciencia porque sabía que sin estudio y sin saber inglés sería un tanto difícil. El dinero de ella muy apenas les alcazaba para cubrir los gastos de renta, comida y transporte. Empezó a preguntarse si su decisión había sido correcta. Estaba feliz con él, pero empezaba a extrañar la música. De todos modos, trató de seguir adelante. Un día, al salir del trabajo, Lupe le pidió a Pablo que fuera a comprar unas cosas para la cena. Cuando Alcatraz llegó a casa, encontró a Lupe cantando unas canciones cristianas. Dejó de cantar para saludarla.

—Hola, mija, ¿qué tal tu día?

—Hola, Lupe, todo bien ¿y su día?

—Bien, bien. Oye, quiero platicar contigo.

—Sí, dígame —respondió Alcatraz sentándose a su lado.

—Mira, ya te habrás dado cuenta de que Federico y yo somos cristianos y consideramos que vivir fuera del matrimonio es pecado. Tú y Pablo tienen semanas juntos y creo que deberían pensar en casarse, aunque sea por civil —le dijo.

—Sí, Lupe, de hecho es lo que yo más quiero: casarme con Pablo.

—¿Tú lo amas mucho, verdad? —le preguntó.

—Sí, mucho más que a mi vida. Estoy muy ilusionada con él.

—Se nota que lo adoras, pero dime ¿Pablo te ha contado acerca de su pasado y de las novias que ha tenido?

Alcatraz sintió un tanto extraña la pregunta, pero de cualquier manera le contestó que lo único que sabía era que él había salido con algunas mujeres, pero nada formal. Lupe hizo un gesto de "mejor no digo nada" y cambió de plática al oír que Pablo entraba por la puerta. Cocinaron, cenaron, se fueron a acostar y nuevamente hicieron el amor toda la noche.

Pablo y Alcatraz decidieron que lo ideal sería casarse el fin de semana siguiente. Era el fin de semana antes del Día de Acción de Gracias. Pensaron que sería perfecto porque la hermana de Lupe los había invitado a su cabaña para esta celebración. Esa sería su luna de miel. Todo era perfecto. No tendría una boda lujosa, pero se casaría con el amor de su vida. Rápidamente llegó el día más esperado. Solo se casaron por civil porque pensaban casarse por iglesia en México para que toda la familia de Pablo pudiera estar presente. Después de que el juez los casara, fueron a comer a un sitio muy elegante en el centro de la ciudad. Fue un tanto extraño que Pablo le pidiera a ella que pagara la totalidad de la cuenta. Ella, por no reñir, hizo lo que él le pidió, aunque lo creyera fuera de lugar. Pero no dejó que eso arruinara el día más feliz de su vida. Aquella noche se sintió una estrella porque ahora su vida parecía sacada de una novela. Antes de partir a la casa de la hermana de Lupe, hicieron el amor varias veces y fue mágico.

Llegaron a la cabaña cerca de medianoche, así que fueron

directo a la cama. Esa fue la primera noche de casada de Alcatraz. Simplemente, era maravilloso estar casada con el hombre de su vida. Había cosas de él que a ella no le gustaban, pero sabía que era más fuerte el amor que aquello que no le gustaba. Durmieron abrazados e inseparables. Alcatraz despertó sudando y temblando dos veces. Tuvo unas pesadillas espantosas acerca de Pablo. Pensó que tendría que ver con sus inseguridades. Pero no entendía por qué seguía teniendo el mismo sueño con Pablo una y otra vez. Fue como si Dios tratara de decirle algo. Eran casi las seis de la mañana y decidió levantarse e ir por un poco de agua para calmar los nervios. Volteó para ver a Pablo que se veía indefenso dormido. Sus pesadillas seguramente respondían a sus propios miedos. Le dio un beso en la mejilla y subió por las escaleras. Al subir, se topó con la sobrina de Lupe en la cocina. Ella tampoco podía dormir, pero por un dolor de cabeza fuerte. Ambas se saludaron y platicaron un poco. Después de un rato, la miró fijamente a los ojos y empezó a hablar.

—Eres tan buena muchacha y no puedo seguir ocultándote esto. No me importa que Pablo se enoje conmigo, pero te lo tengo que decir porque no es justo lo que él te está haciendo —dijo la muchacha.

Alcatraz pudo sentir cómo su corazón se aceleraba.

—¿Qué es eso que me quieres decir? ¿Qué es lo que está haciendo Pablo? ¡Dímelo!

—Perdona, te va a doler, pero Pablo te ha mentido. Te ha ocultado su pasado. El sí tiene un hijo y lo tiene con una prima mía. El niño ha estado en la casa donde vives con Lupe. Tú lo conoces. Es Adriancito. Todos te han hecho creer que es otro sobrino más, pero en realidad es hijo de tu marido.

Al oír las palabras más dolorosas de su vida, dejó caer el vaso de agua. No quiso escuchar nada más. Bajó corriendo hasta donde estaba su marido durmiendo y lo despertó a cachetadas. Él, por supuesto, estaba confundido. Trató de agarrarle los brazos para que ella dejara de golpearlo, pero estaba enfurecida y nada podía detenerla.

—¡Eres un perro mentiroso! ¡Mi corazón me decía que me ocultabas algo, pero como una pendeja me enamoré de ti, maldito!

Al oír los gritos de Alcatraz, todos bajaron a la habitación para ver qué pasaba. Lupe trató de calmarla y de averiguar el porqué de esa reacción. Pero imaginó que ella ya estaba enterada del pasado de Pablo.

—Mira, cuñado, es mejor que hables con tu esposa. Ya dile la verdad. Que lo sepa por ti —le dijo Lupe a Pablo.

Pablo tragó saliva y les pidió a todos que lo dejara a solas con su mujer.

—¡Habla! O me vas a negar lo que acabo de descubrir, que ese malnacido bastardo es tu hijo —gritó Alcatraz.

Cerró los ojos y le dijo que sí, que definitivamente Adriancito era su hijo. Pero lo peor era que su mentira no terminaba ahí. Detrás de ese hombre guapo y talentoso había una maraña de farsas.

—¿Por qué me mentiste?

—Tenía miedo de perderte.

—¿Miedo a perderme? ¿Eres estúpido o qué?

Al notar su silencio pudo ver que aún tenía algo más que decirle. Y no se equivocó, porque el cínico volvió a respirar profundo y siguió.

—También tengo una hija. Es la niña de la que te hablaron hace tiempo. No era mi sobrina, sino mi hija. Ella es hija de otra muchacha. No es la madre de Adriancito.

Alcatraz sintió ganas de vomitar. Quería salir corriendo de ahí. Quería morirse junto con su padre. Ella tomó su bolsa y salió de inmediato, pero se detuvo al recordar que no tenía adónde ir, ni a quién recurrir para pedir ayuda. Estaba llena de prejuicios y creía que una mujer solo podía entregarse a un solo hombre conforme lo que le habían enseñado. Si ella se iba y dejaba a Pablo, no podría permitir que otro hombre la tocara. Aunque su corazón le decía que saliera huyendo de allí, sus miedos la hicieron volver con Pablo.

Capítulo 18

L os siguientes años a lado de Pablo fueron un infierno. Descubría mentira tras mentira y optaba por refugiarse en una oscuridad espantosa. Estaba harta de su vida, de Pablo y de la gente que la rodeaba. Estaba harta de todo. Entró en desesperación e intentó suicidarse. Pero cada vez que intentaba hacer algo contra su vida, el rostro de su padre se le venía a la mente. Una noche, después de otro pleito con Pablo, se tomó un frasco de pastillas con la intención de no despertar más. A pesar de su estado, tuvo un sueño maravilloso con su padre, el gran Rigoberto Vallarta. Lo soñó en la caballeriza de su abuelo, allá en Jalisco. Rigoberto estaba peinando su caballo, pero dejó de hacerlo para voltear a verla. Ella se acercó y él la estrechó fuerte entre sus brazos.

—Padre mío, te he extrañado tanto. Toda mi vida ha sido una desgracia. Mamá cambio mucho después de tu muerte y me dejó de querer. Creo que me odia. Todos me odian porque solo me hacen daño.

El gran Rigoberto la apretó con más fuerzas y le susurró algo al oído.

—Yo no te he dejado, solo he cambiado de lugar. Pero sigo en tu corazón, solo que ahora no me puedes ver porque ahora me sientes. Cierra tus ojos y siente mi amor por ti, mi Paloma

Blanca. Óyeme bien, nadie, pero nadie puede hacerte daño si tú no lo permites.

La alarma del despertador sonó. Quería volver a dormirse para seguir soñando con su padre, pero se puso a llorar porque era verdad que podía sentirlo realmente cerca de ella. Sabía que el mensaje de su padre era muy claro. Tenía que abandonar a Pablo. Los últimos meses de su vida había hecho cosas jamás pensadas. Pablo logró sacar lo peor de ella. Había intentado quitarse la vida muchas veces; comenzó a beber alcohol todos los días y salía con otros hombres para desquitarse. Todo ese rencor y odio que sentía por él y por su vida la estaban consumiendo por dentro. Quería dejarlo, pero tenía miedo de estar sola y de no poder encontrar la manera de sobrevivir sin él. Mientras se alistaba para el trabajo, pensaba en el sueño y, de repente, se le vino la respuesta a su cabeza. Ella no tenía por qué sufrir sola. Podría buscar a sus abuelos maternos para pedir un poco de apoyo. Tenía años sin hablar con su madre, pero eso no le quitaba el derecho de buscar a su familia. Sus abuelos la amaron mucho y aunque hacía más de veinte años que no hablaba con ellos, sabía que eran incondicionales. Decidió llamar a su abuela materna. El teléfono sonó y cuando por fin alguien levantó la bocina, Alcatraz colgó. Se arrepintió por no saber qué decir. Y qué tal si su abuela le daba la espalda y le hablaba a su madre para contarle lo mal que ella estaba en esos momentos. Ella no quería la lástima de nadie y mucho menos de su madre. Tenía que hacer algo, pero pensó que se le ocurriría alguna solución camino al trabajo.

Salió corriendo de la casa y alcanzó el camión justo antes de que arrancara. Sacó su celular y llamó a su trabajo para decirles que no iría porque estaba enferma. Conservaba, desde unos meses antes de abandonar el grupo, la tarjeta de un señor llamado Roberto Serrano. Le dijeron que Serrano era un maestro de música y que era una persona profesional. Pensó que la única manera de salir adelante sería retomando la música. Si se refugiaba en sus sueños, tendría una gran oportunidad. Sabía bien que si Pablo se enteraba de que ella había faltado al trabajo para ir con ese señor, se molestaría mucho, pero ya no estaba dispuesta a posponer una vez más sus sueños por él ni por nadie. El corazón le latía muy rápido. Tenía miedo, pero muy adentro de su corazón, sabía que estaba haciendo lo correcto. Sacó su teléfono de nuevo y marcó el número agendado con el nombre Roberto Serrano.

—¿Bueno? —atendió Roberto.

—Hola… si… bueno… Don Roberto… No sé si me recuerda. Lo conocí hace años en un evento de un festival en el Parque Duque. Era la baterista de la banda femenina de esa noche. Soy Alcatraz —dijo ella.

—Vaya, hija mía, qué sorpresa. Cómo no me voy a acordar de usted. De hecho, he tenido ganas de comunicarme ya que ese día quedé muy impresionado con su talento. Toca muy bien la batería. Pero, dígame, ¿a qué se debe su llamada? —preguntó.

Alcatraz quiso colgar, pues ya estaba arrepentida, pero algo en su corazón hizo que hablara.

—Hace cuatro años que me retiré de la música, pero, verá usted, el susurro de la música no me deja dormir y quiero volver a retomar este camino. Usted me dijo el día que lo conocí que era maestro de música y que me podría ayudar cuando yo lo necesitara y hoy necesito de su ayuda, por favor.

Hablaron un poco más y quedaron en verse en la casa de Roberto Serrano para continuar con la conversación. Alcatraz se bajó del camión y caminó unas dos cuadras hasta llegar a la casa de Roberto. Tocó la puerta y salió una joven mujer que la recibió con una dulce sonrisa. Se presentó como Isamar y dijo que era la hija mayor de Roberto. Alcatraz respiró con tranquilidad al saber que no estaría sola con ese señor. Pablo le había hecho malos comentarios sobre el señor Roberto. Estaba algo nerviosa de tener que ir a su casa, pero sabía que no tenía opción si quería regresar a la música. Roberto estaba sentado en una silla con un acordeón mientras hablaba con otro señor. Alcatraz se detuvo a medio camino para no interrumpirlos, pero Roberto volteó al oír la puerta y se paró de inmediato para saludarla.

—Igual de chula la bella Alcatraz. Pasa, hija, por favor, pasa —dijo Roberto.

Alcatraz se sonrojó un poco porque ya tenía años sin escuchar un halago como ese. Pablo jamás le decía que era hermosa y ella hasta empezó a creer que no lo era.

—¿Llegué a una hora inoportuna? ¿Si quiere regreso otro día? —dijo.

—No, mi chula, para nada. Pásele. Mire, deje que le presente a un muy buen amigo, el señor Jonathan Scott. Vino desde Texas a visitarme y a comprar este acordeón hermoso para un amigo suyo.

El señor Jonathan Scott se levantó de su silla para saludar a Alcatraz.

—Mucho gusto señor Scott, mi nombre es Alcatraz Vallarta.

—¿Vallarta? ¿Alcatraz Vallarta? ¿De casualidad el nombre de su padre no es Rigoberto Vallarta? —preguntó el señor Scott.

Alcatraz se quedó muda al oír el nombre de su padre. Desde su muerte nadie había pronunciado su nombre. En la casa de su madre estaba prohibido hablar del gran Rigoberto Vallarta.

—¿Cómo es que sabe el nombre de mi padre?

—Pequeña y hermosa Paloma Blanca ¿no me recuerdas? —preguntó Scott.

Alcatraz negó con la cabeza. Roberto Serrano estaba aún más confundido que Alcatraz. Y decidió salir un momento para que hablaran tranquilos.

—Yo soy tu padrino. Tu padre, Rigoberto, trabajó mucho tiempo en mi rancho en Texas. Se mudó allí cuando tu madre Angélica estaba embarazada de ti. Allá naciste, en Texas, y viviste ahí hasta el terrible incidente en el que tu padre perdió la vida por mi culpa —se detuvo al ver la reacción de Alcatraz, pues al parecer ella no sabía cómo había muerto su padre.

Ella empezó a llorar y por un instante el señor Scott se arrepintió de haberle dicho todo eso.

—No, Alcatraz, perdón, no quise hacerte sentir mal. Me sorprendí al verte después de veinte años. No sabes todo lo que he hecho por buscarlas a ti y a tu madre. Pero después de años, finalmente me di por vencido. Creí que ya sabrías cómo fue que murió tu padre. Perdóname. No llores.

—Sé cómo murió mi padre. Pero lloro porque llevo muchos años queriendo hablar con alguien que lo haya conocido. Todo este tiempo he estado sola y sufriendo. Pensé en quitarme la vida, pero aquí estoy, sentada frente a usted. Sabía que tenía que venir hoy. Anoche soñé con mi padre y creo que fue una señal que me quiso enviar.

Jonathan Scott le preguntó por su madre y ella le contó un poco sobre cómo habían ido las cosas para ambas. También le contó que se había casado con un infeliz que la hacía sufrir, pero que ya había decido dejarlo. Quería volver a la música. Quería mejorar como vocalista y aprender a tocar otros instrumentos. Pero no sabía por dónde empezar. Llevaba mucho tiempo sin tocar.

Capítulo 19

Ismar preparo café para su padre, Alcatraz y el señor Scott. Habían platicado de la vida y de la música. Alcatraz por primera vez después de mucho tiempo se sentía tranquila y feliz. Roberto le comentaba que quería armar un grupo norteño pero en Texas. Tenía planes de mudarse un tiempo al rancho del señor Scott. Alla tenía más familiares que también tocaban en grupos. Ya tenía casi todos los integrantes, pero solo le faltaba baterista y vocalista. En cuanto se le ocurrió armar otro grupo, el nombre de Alcatraz se le había venido a la mente muchas veces. Y como cosa del destino, ella lo había llamado precisamente el día en que él pondría un anuncio en el periódico. Ahora que esta bella joven estaba ahí, quería hacer todo para convencerla de que se uniera a la banda. Para eso, ella tendría que mudarse a Texas.

—Hija, quiero que nos hagas el honor de tocar la batería. Quiero que mi amigo Jonathan vea de la madera que estás hecha —le dijo Roberto sonriéndole.

—¿Yo? ¿Quiere que yo, Alcatraz Vallarta, toque la batería ahorita?

—Sí, usted chula. Quiero que nos toque algo en la batería.

—Cuando hablamos por teléfono le comenté que tengo años sin tocar y creo que ya hasta se me olvidó hacerlo —dijo sintiendo un poco de pena.

—¡Tonterías! Lo que bien se aprende, jamás se olvida. Además, tú has de saber que un verdadero músico toca con el corazón.

—Es verdad eso, Alcatraz. No sientas pena —dijo el señor Scott.

Alcatraz sintió cómo su corazoncito empezaba a latir más fuerte. Pero era de emoción. Puso su café sobre la mesa y caminó hacia el banco que estaba detrás de la batería y se acomodó. Al tomar las baquetas sintió una adrenalina enorme y se puso muy feliz. Cerró sus ojos y respiró profundamente, luego empezó a tocar la tarola. En principio, solo hizo ruido porque no había formado los golpes para tocar un ritmo. Sintió que estaba perdida pero justo cuando iba a rendirse, volvió a cerrar sus ojos y trató de viajar al escenario en el que había tocado por última vez. Se sorprendió al escucharse a sí misma en la batería. Estaba tocando el ritmo de charanga y lo hacía muy bien. Roberto se puso el acordeón y empezó a tocar la canción del Ranchero Chido. Alcatraz se emocionó aún más al escuchar la hermosa melodía del acordeón y tocó con más entusiasmo. Al rato, Isamar fue donde estaban y sacó a bailar al señor Scott. Alcatraz estaba feliz y tocaba la batería sonriendo como una chiquilla. ¡Caramba, la música sí que era lo suyo! Pero sentía que ya era un poco tarde. Tenía veinticuatro años y estaba aún casada con un patán. No tenía dinero, aunque tampoco miedo a arriesgarse. El señor Scott e Isamar aplaudieron al finalizar la canción. Roberto miró a Alcatraz y le dijo que aún tocaba tan bien como cuando la conoció. Ella se sonrojó y le dio las gracias. Roberto se quitó el acordeón.

—Mira, quiero proponerte algo. Sé que te va a parecer un poco loco y apresurado, pero quiero que te vengas con nosotros para Texas. Nos vamos pasado mañana. Allá es donde voy a formar un grupo del género norteño y quiero que tú seas la baterista. Por lo poco que pude oír de tu conversación con Jonathan, tú quieres dejar a tu marido y creo que esta es la oportunidad que estabas esperando —dijo Roberto.

Alcatraz se quedó muda. No supo qué contestarle ni sabía qué pensar. Irse para Texas era una idea loca que la asustaba. Era verdad que quería dejar a Pablo, pero no pensó que fuera tan pronto y mucho menos que ella tuviera que irse a otro estado.

—Vente con nosotros —dijo el señor Scott al verla dubitativa—. Allá puedes empezar una nueva vida. Yo te ayudaré a que te divorcies y a que te instales. Se lo debo a tu padre. Lo menos que puedo hacer es cuidar y ayudar a su tan amada hija. Hazlo por tu padre. Él hubiese querido verte feliz y que persiguieras tus sueños. Sabes, no me extraña nadita que ames tanto la música pues de chiquita ya se notaba.

—¿Cómo así? —preguntó Alcatraz.

—Cuando te hicieron la fiesta de bienvenida, después de que salieras del hospital, tú ya llevabas el ritmo en la sangre cuando la banda comenzó a tocar. Mientras ibas creciendo, tu padre te ponía una canción del cantante ese de ojos de color... no recuerdo su nombre... pero recuerdo muy bien la canción... ¡María Isabel! Roberto ayúdame. ¿Cómo se llama ese...?

—Se llama Ezequiel Peña. El vocalista de Vallarta Show. Qué tiempos aquellos de la quebradita que no volverán. Cuando la música era más bella. Las canciones tenían un mensaje hermoso. Las mujeres eran decentes y los hombres unos caballeros —le contestó Roberto.

—Aún me encanta como canta él. Escucho su música casi todos los días. ¿Entonces dices que desde pequeña me gustaba la música? —preguntó Alcatraz.

—Sin duda —respondió Scott.

Alcatraz se despidió de ellos. Aunque había dicho que no a la propuesta, su padrino, el señor Scott, insistió en que lo pensara otra vez. Dijeron que se irían en dos días para Texas y que si ella cambiaba de parecer, llamara enseguida para que fueran a recogerla. Anotó el número de su celular en una servilleta que guardó en el bolsillo trasero de sus jeans. Salió de ahí y esperó al camión de regreso a casa. Estaba confundida. No sabía qué hacer. Roberto repitió varias veces que esta sería la oportunidad que ella estaba esperando para abrirse paso en el mundo de la música. Incluso le permitiría tocar algunas canciones compuestas por ella misma. Todo parecía el sueño ideal. Pero tenía un problema y era el amor que aún sentía por Pablo. Él no merecía nada de ella, pero ella se había entregado a él de una manera sincera creyendo que él haría lo mismo. Pero las cosas no fueron así. No solo jugó con ella, sino que con sus malditas manipulaciones le había borrado la alegría.

Se detuvo frente a la puerta del pequeño apartamento donde vivía con Pablo y vio su auto afuera, señal de que había salido temprano del trabajo y estaba en casa. Dejó escapar un suspiro bien largo. Se dijo a sí misma: "Ahora, a enfrentar a Pablo.

Buena suerte, Alcatraz". Metió su llave en la cerradura y abrió la puerta. Como siempre, Pablo estaba acostado en el sillón viendo pornografía, pero cambió de canal al oírla entrar. Ella volteó los ojos. Era patético. Entró sin saludarlo y fue directo a la cocina. Vio que aún los trastes estaban sin lavar, la cena aún no estaba lista y el baño era un asco. No entendía por qué si él salía temprano del trabajo, no ayudaba en la casa. También se sentía su sirvienta. Recogió los platos sucios de la mesa y mientras los lavaba le seguía dando vueltas a la propuesta. Empezó a imaginarse viviendo en Texas en el rancho de su padrino Jonathan Scott y se le dibujó una sonrisa en la cara. Ella conservaba una foto de su madre donde estaban ella y su padre retratados al frente de la casita donde vivían en el rancho. Parecía un lugar hermoso y tranquilo. Se imaginó siendo parte del grupo como baterista y su corazón se iluminó. De repente, la risa de Pablo la sacó de su mundo de ensueño y se molestó mucho. Aventó los platos con mucha furia y se dirigió a la sala para enfrentarlo y decirle que se iría a Texas porque ya no quería estar con él.

—Pablo, tengo que hablar contigo.

—¿De qué? —preguntó él.

—Hoy no fui a trabajar porque me fui a reunir con Roberto Serrano. Me ofreció irme a Texas para tocar en un grupo que va a formar.

—¿Qué? ¿Cómo que te fuiste para allá? ¿Irte? Jajaja. Tú no sobrevives sin mi cariño. El mundo es duro y tú eres muy tonta e ingenua. ¡Ese viejo solo te quiere coger! —dijo groseramente.

Alcatraz se encerró en su cuarto, se echó en la cama y se puso a llorar. Hacía ya un tiempo que sentía que su vida solamente era eso, llorar y llorar, y más cuando Pablo encontraba la manera de hacerla sentir mal. Se sentía acorralada e impotente. Pensó una vez más en quitarse la vida. Sabía bien que ya no tenía esperanzas y mucho menos fuerzas. Sentía que ya no tenía nada. Su madre no le hablaba. Su padre había muerto y estaba sola. En el preciso momento en el que pensaba nuevamente cómo quitarse la vida, oyó un golpe en el tocador. Dejó de llorar y se levantó a ver que había sido ese ruido. Fue algo muy extraño y que no tenía explicación porque el cajón de abajo estaba abierto. Volteó a todos lados para ver si por casualidad Pablo estaba ahí y quería jugarle una broma para asustarla. Pero ella estaba completamente sola en la habitación. El cajón era uno donde ella guardaba un cofre pequeño en el que conservaba las notas que solía dejarle a su padre de niña. Siempre creyó que su padre era quien le escribía las respuestas, hasta que descubrió que en realidad era su abuelo. A su abuela le dolía tanto la manera en que ella lloraba por su padre que tuvo esa ocurrencia. Se había molestado mucho al enterarse, pero igual conservó todo y ahora estaba feliz de haberlo hecho. Empezó a leer cada nota y eso le dio mucha fuerza. Sintió que su padre de cierta manera nunca la había dejado. Hacía años que no veía esas notas. Después de leerlas se dio cuenta de que ella había nacido para ser una estrella y que todo lo que había vivido hasta ese momento solo era una trampa. Creía que cada persona que la había hecho sufrir tenía un mal propósito. Todos conocían la gran capacidad que tenía para salir adelante y solo se habían encargado de ponerle miles de trabas para que no brillara. Decidió ya no rendirse. Decidió irse a vivir a Texas para cumplir su sueño. Decidió dejar a Pablo y buscarse a sí misma. Tomó una maleta que tenía guardada en el clóset y cargó las cosas necesarias: un poco de ropa, unos discos de música, cuadernos y, por último, el cofre con las notas de papá. Pero antes de cerrar la maleta decidió escribirle una nota a Pablo para explicarle los motivos por los que se marchaba. Le mandó un mensaje a su padrino y le dijo que aceptaba su propuesta.

—Perfecto, pasó por ti pasado mañana —contestó de inmediato el Sr. Scott.

—Me urge irme. Ven por mí mañana, por favor —suplicó ella.

Al día siguiente ella esperó a que Pablo se fuera al trabajo. Como siempre después de un pleito, la ignoraba durante días. En cuanto oyó que la puerta se cerraba, se apresuró a salir del cuarto con la maleta y sobre la mesita junto al sofá le dejó una nota. Pero la nota estaba en blanco. Pensó que ni eso merecía Pablo de ella. No merecía ninguna explicación ya que sobraban las razones por las que ese matrimonio no funcionaba. Salió del apartamento con lágrimas en su rostro porque, aunque su decisión era definitiva, su corazón quería quedarse con Pablo. Aún lo amaba, pero amaba más la música y ya no estaba dispuesta a sacrificarse por nadie. Cerró la puerta y se marchó sin mirar atrás. Su padrino, Jonathan Scott, la estaba esperando en el lugar donde habían acordado. Al verla llorar se bajó de la camioneta de un salto y extendió los brazos para abrazarla.

—Ya, ya, Paloma Blanca, que todo va a estar bien. Confía en mí —la animó.

Desde que su padre murió, Alcatraz no había vuelto a sentirse protegida por nadie. Su padre era el único que le decía Paloma Blanca y ahora este completo desconocido que decía ser su padrino la hacía sentir un poco protegida. Al abrazar a su padrino sintió que abrazaba a su padre. Subieron a la camioneta y se marcharon. Eran aproximadamente veinte horas de viaje desde South Bend, Indiana, al Rancho Wyatt. El rancho de Jonathan Scott estaba a una hora de San Antonio, Texas. Hicieron varias paradas en el camino. Roberto Serrano llegaría un día después porque aún tenía algunas cosas que resolver. Durante el viaje Alcatraz y su padrino platicaron mucho. Ella le preguntó cómo es que hablaba tan bien español si era más güero que nada. A él le causó mucha gracia su comentario y le dijo que su madre era mexicana y su padre un vaquero americano. Le contó que el Rancho Wyatt había sido fundado en 1928 por su abuelo, que luego se lo heredó a su padre y su padre a él. El Rancho Wyatt no había sido tan próspero hasta que él estuvo a cargo. Su padre tenía muchos vicios y perdía mucho dinero en el juego, que podría haber utilizado para invertir en el rancho. Al heredarlo, el rancho estaba casi en la ruina, pero Jonathan Scott era un hombre con determinación y enfoque. Consiguió socios inversores y una vez que sus proyectos dieron fruto, les compró las acciones y se quedó como único dueño.

—¿Y qué es lo que hacen en su rancho? ¿O cómo es que generan tanto dinero? —preguntó Alcatraz.

—El Rancho Wyatt es enorme y alquilamos ciertas partes para eventos de rodeo o jaripeos. También tenemos criadero de ganado del más fino de la región. Vendemos el ganado a muy buen precio. Aparte tengo otros negocios que me generan otro ingreso.

—¿Y para qué vende el ganado?

—Para que lo maten —dijo.

—¿Pero por qué? ¡Qué horrible! —gritó Alcatraz.

—De ahí sale la mejor arrachera de San Antonio.

—¡Qué pena! No entiendo por qué la gente come carne. Son seres inocentes —dijo Alcatraz.

—¿Cómo es que no comes carne? —preguntó riéndose.

—¡No!

A Jonathan Scott le resultó raro que una mexicana no comiera carne. Él amaba los tacos y los platillos con carne. La cocinera del rancho cocinaba toda comida mexicana. Pero aparte de ser talentosa, Alcatraz era noble. De solo pensar que para saciar su hambre tenía que comer un animal, se retorcía de asco.

Capítulo 20

Eran cerca de las ocho de la mañana cuando llegaron al rancho Wyatt. Les tomó un poco más de tiempo porque pincharon un neumático en el camino. Tuvieron mucha suerte de que sucediera a unas pocas millas de distancia de un taller mecánico. La demora no fue grande, pero se retrasaron unas tres horas. Alcatraz aprovechó para escribir una canción en el cuaderno que traía. Le dio un poco de pena sacarlo de su maleta y que lo viera su padrino porque el cuaderno estaba más despedazado que su corazón. Sentía que las mejores canciones surgían cuando estaba dolida por amor. Estaba emocionada por su nueva vida, pero sabía que le iba tomar tiempo olvidar a Pablo y recuperarse totalmente de esa desilusión.

A lo lejos se alcanzaba a divisar el letrero enorme: Welcome to Ranch Wyatt (Bienvenidos al rancho Wyatt). Alcatraz se quedó con la boca abierta al ver lo grande que era el rancho. Jonathan Scott le contó que cuando su padre le heredó el rancho solo tenía unas cuantas hectáreas de tierra, pero con el tiempo fue expandiéndolo. El guardia de la entrada les dio la bienvenida y se quedó sorprendido al ver a Alcatraz. Ella era el vivo retrato de su padre Rigoberto Vallarta. Jonathan Scott no necesitó presentarla. Enseguida se dio cuenta de que esta dulce joven era la hija del mejor vaquero que hubo en el rancho. Alcatraz se conmovió al oír que el señor le decía una y otra vez: "Mire, nomás, toda la cara de su señor padre. Volvió a nacer en usted don Rigo". Ella se puso aún más feliz porque se dio cuenta de que en el rancho su padre era respetado y admirado y que ella recibiría el mismo trato por ser su hija. La vida definitivamente le estaba sonriendo y ella quería conservar esa sonrisa para siempre. Llegaron a la casa grande donde vivían Jonathan Scott, su hijo Mark Scott y la servidumbre que se encargaba del aseo y la comida. Nuevamente se quedó con la boca abierta porque la casa era gigante y muy lujosa. Esperaba encontrarse con un jacal o una casa de madera como solía ver en las películas del oeste. En las películas, los vaqueros tenían casas chicas y con olor a estiércol.

Una señora salió a darles la bienvenida. Era la señora más chaparrita que Alcatraz hubiera visto jamás.

—*Oh, my Jonathan, thank Goodness that you are here. I missed you so much. Let me make you some enchiladas. Well… who is this young lady?* —dijo la señora dirigiéndose en inglés al Sr. Scott.

Le dio risa porque la señora Alma hablaba más español que inglés, pero en presencia de alguna persona que no conocía prefería lucirse.

—Yo también la extrañé mucho, Alma. Le acepto esas enchiladas porque venimos muertos del hambre. Mire, le presento a mi ahijada, Alcatraz, la hija del difunto Rigo.

—¡Santo Niño de Atocha! Si no hizo falta que me dijeran tu nombre, criatura. Eres idéntica a tu padre. Te pareces hasta en lo alta y en su cabello oscuro. ¡Pero qué hermosa estás! Creímos que tú y tu madre habían muerto. Oh, si te contara… Aquí Yoni las buscó por mar y tierra y estuvo días encerrado en su oficina tomando porque... ¡Ay, Dios! ¡Cómo amó a tu...!

Jonathan Scott interrumpió a la señora Alma de inmediato para que no acabara de decir lo que tenía en mente. Alma notó que había metido la pata y rápido trato de cambiar de conversación. Abrazó a Alcatraz y le dijo que le prepararía la mejor cecina de todo Texas. Jonathan Scott se rascó la cabeza porque había muchas cosas que tenía que decirle a Alma. Lo primero era que su ahijada era vegetariana y después le cortaría la lengua por haberlo dejado en evidencia al decir cuánto había amado a la madre de Alcatraz.

Después de comer algo, Alcatraz se bañó y se fue a dormir un rato porque el viaje había sido agotador. Su padrino le dio la habitación más grande de la casa. Tenía una vista hermosa. Desde allí casi podía ver todo el rancho. Había un librero y un escritorio en el cuarto. Tenía su propio baño con un jacuzzi integrado. Mientras se bañaba en el jacuzzi, se puso a llorar. Después de la muerte de su padre no había sentido la tranquilidad que tenía en ese momento. Ella podía oler y ver a su padre por todos lados en ese lugar. Cómo deseaba que todo fuera diferente y que su padre aún estuviera vivo. Así serían una familia feliz ella, él y su madre. Pensó mucho en su hermanito y deseaba no haberse ido sin él, pero sabía que por ser hijo de Joaquín tendría otro tipo de vida. Dejó de pensar, terminó con su baño y se fue a dormir un rato.

Se quedó en la cama hasta el mediodía porque las pesadillas no le habían permitido dormir. Se despertó asustada y sudando. Ya no estaba en el infierno de hogar en el creció, pero sus pesadillas aún la perseguían. Se levantó de la cama y caminó hasta la ventana. Desde ahí podía ver el ganado y los vaqueros de su padrino. Entre ellos notó que había un vaquero alto y muy güero. Seguro que es el hijo de mi padrino. Todos los demás están bronceados —pensó—. En verdad, los demás vaqueros eran de piel morena, ¡pero de tanto trabajar bajo el sol! Seguro que el hijo de su padrino se la pasaba contemplando el paisaje mientras los demás trabajaban bien duro. Quizás ese día decidió salir de la casa porque estaba aburrido. Alguien tocó a la puerta interrumpiendo sus pensamientos.

—¿Sí? —dijo Alcatraz.

Alma se había acercado para ver si Alcatraz estaba bien y para invitarla a una limonada en el porche. Alcatraz aceptó encantada. No había llevado mucha ropa y sabía que tendría que comprar, pero por el momento se puso unos jeans y una camisa blanca con botones. Casi parecía una vaquerita, excepto por los zapatos. Llevaba unos tenis converse, pero si pensaba vivir ahí tendría que comprar un ajuar vaquero para encajar un poco. Bajó al porche y se sentó en una banca de madera al lado de Alma. La brisa se sentía fresca y relajante sobre su delicada piel. Probó la limonada y pensó que era lo más sabroso que había bebido en mucho tiempo. Le preguntó por su padrino y Alma le dijo que había ido a la vivienda de uno de los vaqueros para entregarle un instrumento que le había traído de Indiana.

—Ah, ¿el acordeón? —preguntó Alma.

—Sí, criatura, ese mismo.

—¿El trabajador de mi padrino toca en el algún grupo o para que quería el instrumento?

—Sí, el joven toca en un grupo que se llama Los del Rancho, o algo así. De hecho, ya tenía un acordeón, pero en los últimos meses él se ha destacado tanto en el trabajo que Yoni pensó en hacerle un obsequio para su cumpleaños. Fue a ver a un amigo músico de Indiana que es experto en eso. Le van a hacer una fiesta al muchacho el próximo sábado. Sus padres y tu padrino la están organizando.

—Veo que mi padrino es un hombre muy bondadoso. ¿Y ese muchacho vive aquí o cómo es que dice que sus padres y mi padrino le harán la fiesta? —preguntó Alcatraz.

—Sí, criatura, todos los vaqueros de tu padrino viven en el rancho. Por eso este rancho está donde está, porque tu padrino trata a sus vaqueros como si fueran familia. Desde que su esposa murió, para él no hay nada más importante que la familia. Así que mandó a construir casas pequeñas para que los vaqueros se vinieran a vivir con sus familias aquí. Les paga muy bien también. Los trabajadores le echan muchas ganas a su trabajo porque están contentos. Y ese joven músico vive en el rancho con sus padres y un hermano. No hace mucho que llegaron. Al rato que venga tu padrino te llevará a conocer a todos.

Jonathan Scott regresó a la casa pasaditas las tres de la tarde. Venía acompañado del vaquero alto y güero que Alcatraz vio trabajando en un corral con el ganado.

—Alcatraz, mira, él es mi hijo Mark. Mark, mi ahijada Alcatraz, hija de Rigoberto Vallarta.

Mark Scott era un hombre muy atractivo pero muy serio. Era lo opuesto a su padre. Su padre siempre sonreía y mostraba gentileza, pero Mark parecía tener mal temperamento. Alcatraz le sonrió y le tendió la mano para saludarlo. Él le regreso el gesto, se disculpó, y se retiró.

—Así es mi hijo Mark. Igual a su abuelo. Mi padre era así de frío y grosero, pero es muy bueno. Pronto se mudará de aquí para ejercer su carrera como ingeniero. Le ofrecieron un trabajo en Garland, Texas, y se irá la próxima semana. Está comprometido con una señorita muy linda que es abogada. Él ama más la ciudad que el rancho. De hecho, él no quiere saber nada del rancho. Me preocupa eso porque el día que yo muera tendré que dejárselo a mi único hijo, pero si él no quiere saber nada de este lugar, quizás hasta lo venda. Pero, bueno, aún falta tiempo para eso. Ven, vamos a dar una vuelta para que conozcas el rancho y a mis trabajadores. Regresaremos antes de la cena. Alma te va a preparar un rico platillo vegetariano —le dijo Jonathan Scott a su ahijada.

Ahora Alcatraz entendía por qué Mark estaba más blanco que la cal. No le gustaba la vida de rancho. No entendía cómo podía ser que siendo hijo de un hombre como su padrino no tratara de hacer todo para tener a su padre contento. Ella hubiera sido tan feliz con su padre en el rancho. Pero bueno, la vida es así—pensó—.

Recorrieron todo el rancho en la camioneta de Jonathan Scott. Visitaron los establos, los corrales, las labores, los lienzos y por último las casas de los trabajadores. Tenía más de cincuenta personas trabajando para él, pero solo visitaron las casas de algunos de sus mejores vaqueros. La última casa que visitaron fue precisamente donde ella vivió con su padre y su madre antes de que lo mataran. Estar ahí le trajo tantos recuerdos y le dio tanta nostalgia que empezó a llorar. Al ver que unas personas salían de la casita, se limpió las lágrimas. Su padrino le apretó la mano como señal de que todo estaría bien. Alcatraz se bajó de la camioneta para saludar. La señora dijo llamarse Irma y su esposo Carlos. Detrás de ellos salió un pequeño perrito de nombre Pancho y muy parecido a Pancho Villa, por cierto. Y, por último, salió un joven apuesto. Traía todas las manos sucias porque aún estaba trabajando en unas cosas que le había encargado Jonathan Scott. Estaba tan distraído tratando de limpiarse las manos en su pantalón que no se dio cuenta de que una joven preciosa lo observaba. Al ver a Alcatraz se sonrojó mucho, pero se quedó como encantado mientras la miraba. Ambos se quedaron inmóviles casi sin respirar. Jonathan Scott y los padres del joven se dieron cuenta de lo que estaba pasando. El joven pensó que Alcatraz era la mujer más hermosa que él había visto. Tenía algo muy especial. Tenía una luz que la hacía destacarse, pero también pudo notar que había una enorme tristeza en sus ojos. Alcatraz no tuvo la misma percepción que él, pero sí pudo sentir como si se conocieran de otra vida.

—Mira, ven muchacho para que te presente a mi linda ahijada, Alcatraz Vallarta, hija del difunto que vivió en la casa donde ahora vives con tus padres —dijo Jonathan Scott al joven.

Del mismo modo que tocó al cielo al ver a esa dama tan angelical parada frente a él, se bajó de su nube en el mismo instante. Pensó que quizás pudiera ser una nueva trabajadora del rancho, pero era obvio que no porque se veía demasiado fina. Al saber que era la ahijada de un hombre rico y muy influyente de Texas, quitó su cara de bobo y saludó de una manera cortés y a secas.

—Mucho gusto, señorita Vallarta, yo soy Adriel Mendoza, y si me disculpan tengo mucho trabajo que terminar. Fue un placer.

Se dio la vuelta como si estuviera molesto y dejó a todos un tanto confundidos con su comportamiento. Alcatraz se subió a la camioneta y esperó a su padrino que se había quedado hablando con el hermano menor de Adriel. Se preguntó por qué había actuado así, pero en realidad estaba demasiado cansada como para preocuparse por eso.

Capítulo 21

Había pasado un mes desde que Alcatraz se mudó a Texas con su padrino. Roberto Serrano ya estaba instalado en la casa grande y había echado a andar su proyecto del grupo. Ensayaban en el establo vacío que quedaba atrás. Alcatraz era la baterista del grupo. Había otra muchacha como guitarrista, un joven como vocalista y en el acordeón nada más y nada menos que Adriel Mendoza. Estaba como músico temporario mientras encontraban a otro, pues él ya integraba otro grupo. Adriel solo le dirigía la palabra a Alcatraz para cosas del grupo o asuntos de trabajo. Ese comportamiento lo hacía aún más interesante, pero Alcatraz era tan tímida que no se animaba a preguntarle nada. Un día todos decidieron ir al cine, pero cuando Adriel supo que también iría ella, dijo que no podía por un malestar de cabeza. Ella sentía que él trataba de evadirla. Y no podía negar que sentía algo por él. El muchacho tenía la piel trigueña y lucía un cuerpo fornido. Hasta cuando estaba en camisa se le notaban los músculos fuertes y bien torneados. A veces, Alcatraz se encontraba mirándolo sin querer. Lo observaba con mucha atención cuando tocaba las teclas del acordeón. Pero enseguida dejaba de pensar en Adriel cuando el recuerdo de Pablo invadía su mente.

Ensayaban tres veces por semana, pero aún no tenían

tocadas en ningún evento. Roberto estaba preparando el logo y la presentación del grupo para poder promocionarlos. Primero debía estar el grupo completo y luego trabajaría en la imagen y otros requisitos. Alcatraz disfrutaba mucho de ser la baterista. Era muy diferente a su primera banda. En este grupo podía sentir el respeto de los demás. Aunque solo había pasado un mes, parecían años. Cada día era más difícil vivir sin Pablo, pero trataba de mantenerse ocupada. Dado que no quería parecer una holgazana y una mantenida, hizo un trato con su padrino. Era muy buena con los números, así que su padrino la puso como administradora del Rancho Wyatt. Se hacía cargo de pagarle a los trabajadores, del inventario, de las finanzas y hasta acompañaba a su padrino a cerrar tratos. No le parecía bien tener que hacer negocios con el ganado que iría directo al matadero, pero sabía que no podía decir nada. Trataba de ser muy profesional. Después del trabajo, practicaba en la batería que le había regalado Roberto Serrano y, por las noches, mientras contemplaba las estrellas, escribía canciones.

Un día su padrino la invitó a dar una vuelta a otra parte del rancho donde él decía tener sus tesoros. Era un lugar prohibido para los trabajadores. A ese lugar solo iba Jonathan Scott y el difunto Rigoberto Vallarta. Ni su hijo Mark tenía acceso. Pero Alcatraz tuvo el privilegio de ser invitada a conocerlo. Su padrino le tomó mucho cariño a su ahijada y se daba cuenta de lo mucho que se esforzaba por salir adelante. En poco tiempo, se había ganado su confianza, así como lo había hecho su padre oportunamente. En el camino le comentó que había hablado con el abogado que se encargaría de su divorcio. Sabía que eso pasaría tarde o temprano pero no pensó que fuera tan pronto. Después de que lo dejara, Pablo solo había llamado dos veces. La primera vez ella se hizo la fuerte e ignoró la llamada, pero la segunda vez contestó de inmediato. Luego se arrepintió, pues Pablo solo había llamado para insultarla. Creía que él le pediría que regresara, pero se equivocó. Solo la llamó para decirle que era una golfa porque se había ido con Roberto Serrano y le deseó muchas cosas malas. Le dijo que le había contado todo a su madre. De hecho, después de la llamada de Pablo, también llamó su madre, pero solo para maldecirla y desearle lo peor. Estaba furiosa porque Alcatraz se había ido a vivir con su padrino. Alcatraz nunca supo si su madre estaba enojada porque ella se había ido a Texas o porque su padrino la estaba ayudando a salir adelante. Tampoco supo cómo su madre se había enterado de que estaba con su padrino. Pablo solo sabía de Roberto, pero no de su padrino. Tampoco quiso dedicar tanto tiempo a estos pensamientos. Esa noche sintió un sabor amargo porque nunca en su vida imaginó que su madre podía ser tan cruel. Razón suficiente para tratar de olvidar su pasado. Si su madre no había sabido valorarla ni quererla, tendría que enterrarla junto con Pablo. Eran personas que no le hacían bien. La única persona que le importaba era su hermanito, pero ella contaba con el día en que él fuera mayor de edad para reunirse con él. Si lo hacía en ese momento podía meterse y meterlo en problemas.

Jonathan Scott le comentó sobre lo hablado con el abogado. Tendría una cita con él en una semana. Necesitaba presentar unos documentos que tenía guardados como evidencia de la agresión física que había sufrido a su lado. Tenía algunas otras pruebas que harían el divorcio más sencillo. El abogado le preguntó cómo fue que lo había abandonado sin dar ninguna explicación porque Pablo podría usar eso en su contra para no darle el divorcio. Pero Alcatraz, aunque era inexperta en muchas cosas, fue inteligente y guardó grabaciones de pleitos entre ellos. Tenía documentos del hospital de cuando fue internada por intento de suicidio después de haberse enterado de que el hombre con quien se había casado tenía hijos. Simplemente, tenía que juntar toda esa información y llevársela al abogado. Alcatraz le dio las gracias a su padrino y durante el resto del camino permanecieron en silencio.

Había una bodega al final de la carretera que parecía más a un taller que un lugar para tesoros. Él se detuvo y le metió el freno de mano a su camioneta y la apagó. Sacó una linterna del asiento trasero y le dijo a Alcatraz que lo acompañara.

—Padrino ¿así que es aquí donde guarda sus tesoros? Esto parece un taller mecánico.

—Sí, este es el lugar donde guardo mis tesoros. Nomás deja que te muestre —le contestó riéndose.

A Alcatraz le pareció graciosa la personalidad de su padrino. Si tan solo su madre se hubiera casado con él y no con el cretino de Joaquín —pensó para sí—. La bodega tenía varios candados en la puerta y tenía un sistema de seguridad. Ella notó que también había cámaras instaladas alrededor. Realmente esperaba ver algo bueno, tan bueno como el auto de la reina de Inglaterra. Pensó que si allí no tenía algo así, entonces su padrino había perdido la razón por tener tanta vigilancia en ese lugar. Scott abrió la puerta y entró, y desde adentro abrió el portón grande de al lado. Alcatraz se quedó con la boca abierta cuando vio los autos que había allí. Tenía un *Ford Mustang 1969*, un *Ford Maverick 1970*, una *Ford Pickup 1950*, pero la que más le llamó la atención fue una Chevrolet Silverado 1976. Hace años atrás ella había recortado unas fotos de una revista de la camioneta de sus sueños. Y ahora estaba parada frente a ella. Era hasta del mismo color azul. No podía ser que su padrino tuviera esa colección de joyas de la mecánica. Además de los autos, adentro de la bodega tenía dos motos y varias cosas de valor colgadas en la pared como guitarras, cuadros y herramientas. Su padrino observó el asombro de su ahijada y eso le trajo mucho regocijo.

—Ahijada, ¿cuál te gusta para ir a dar una vuelta para que sientas la adrenalina?

—¡Ay, padrino ¿En verdad vamos a dar una vuelta? —preguntó Alcatraz.

—¡Vaya! ¡Claro que sí! No tiene gracia si no lo comparto con las personas que lo merecen. A ver, dime cuál y ahorita la prendemos para irnos a dar unas vueltas acá atrasito.

Era obvio que Alcatraz escogería la *Chevrolet Silverado 1976*. Apuntó a la camioneta azul y luego soltó una risa por tanta alegría que sentía. Su padrino se quedó sorprendido de que ella justamente escogiera esa camioneta. Caminó a la esquina de la bodega donde tenía unos cajones y abrió el cajón de arriba. Allí guardaba las llaves de todas esas bellezas. Sacó la llave de la camioneta y también una cajita negra que tenía unas letras encima. Alcatraz no logró ver bien lo que decía porque su padrino puso la mano encima. Puso en marcha la camioneta y esperó a que se calentara un poco y luego la sacó de la bodega. Ella aún no se subía y ya podía sentir esa adrenalina de la que él hablaba. Cerró el gran portón. Ella salió por la puerta pequeña. Se aseguró de cerrar bien todo, corrió hasta la camioneta y se montó en ella. Era una camioneta preciosa. Y al parecer, su padrino la había restaurado porque todo el interior parecía nuevo. La camioneta era estándar y corría como si estuviera en el aire.

—¿Quieres manejarla?

—Ay, padrino, me encantaría, pero no sé ni manejar automático, menos estándar.

—Yo te enseño, vamos —rio Scott—. Después de todo, es bueno que aprendas a usarla porque es tuya. —Y de inmediato bajó de la camioneta sin darle a Alcatraz la oportunidad de reaccionar.

—¿Qué? ¿Cómo que mía? No entiendo —dijo Alcatraz sorprendida.

Pensó que había oído mal o que tal vez su padrino estaba bromeando. Pero no era broma. Su padrino puso una cara muy seria al dar la vuelta y abrir la puerta del acompañante. Traía la cajita negra que había sacado del cajón. Agachó la cabeza y respiró hondo. Había en su semblante algo raro... como si algo no lo dejara hablar. Permaneció parado unos cinco minutos sin poder decir nada. Traía un Stetson negro que le tapaba todo el rostro cuando agachaba la cabeza. Alcatraz pudo sentir un nudo en su garganta al darse cuenta de que su padrino estaba llorando. Ella no supo qué hacer o qué decir.

Capítulo 22

Jonathan Scott se recuperó de su momento de tristeza.

—Mi querida ahijada, nunca pensé en volver a verte. Ahora que estas aquí, me siento tan culpable de que sea por mí que tú hayas crecido sin tu padre y que hayas sufrido tanto. Si él no hubiera muerto estaría con tu madre y contigo y quizás tu vida hubiese sido distinta. Después de ese día yo lloré mucho su muerte y deseé con todo mi corazón haber estado en su lugar. Es verdad yo tengo a mi hijo, pero tú eras tan inocente y puedo ver que aún lo eres. La maldad del mundo no ha tocado tu corazón. Perdóname, Alcatraz. Mientras yo viva, me aseguraré de que nunca te falte nada. Se lo debo a tu padre.

Alcatraz sentía que le ardían las mejillas. Nunca había culpado a nadie por la muerte de su padre. Su madre sí solía culpar a alguien, pero no recordaba el nombre. Y ahora se daba cuenta de que quizás su madre había culpado a su padrino. Le tomó la mano a su padrino y le sonrió.

—Padrino, solo Dios sabe por qué pasaron las cosas así. Es verdad que me hizo mucha falta mi padre, pero no fue culpa de nadie. Estoy feliz por esta oportunidad que tengo de conocerlo y siempre le estaré agradecida porque ha sido un ángel en mi camino. Pero, por favor, dime ¿por qué dijiste que es mi camioneta?

—Cuando tu padre estaba aún con vida me acompañaba a

todos lados. Él era muy bueno en su trabajo así como lo eres tú. Un día fuimos a una subasta de camionetas y fue ahí donde compré mi *Ford Pickup 1950*. Cuando nos dirigíamos a pagarla, vimos que un señor entraba con una camioneta igual para vender, pero estaba hecha un desastre. Era el puro cascarón porque ni motor tenía. A tu padre le gustó mucho y me dijo que la compraría y que la arreglaría para dársela a su hija cuando cumpliera 18 años.

—¿Entonces a esta camioneta mi padre la compró para mí? — dijo Alcatraz tapándose la boca con las manos sin saber cómo reaccionar.

—Sí, Alcatraz, así es. A esta camioneta la compró para ti. Todas las tardes nos veníamos aquí para trabajar en ella. No alcanzó a terminarla porque murió, pero yo me encargué de ponerle todo lo que él quería. La camioneta no solo está registrada a tu nombre, sino que incluso tiene tu apellido grabado en la bocina.

Jonathan Scott abrió la guantera y sacó el título de la camioneta y se lo entregó. Vio que efectivamente el título había sido registrado en 1990 a nombre de Alcatraz Paloma Vallarta. Antes de que ella expresara palabra, su padrino le entregó la cajita negra. Ahora sí llegaba a leer. Sobre la caja tenía grabado su apellido en letras blancas: **Vallarta**.

—¿Esto también era de mi padre?

—Sí, también ésta era de tu padre. Creo que tú la debes conservar ahora. Ábrela.

Abrió la cajita y adentro había un revólver 38 color negro. En su vida había visto una pistola de verdad, solo las de juguete con las que sus vecinos solían jugar a policías y ladrones. Tenía tantas emociones en su corazón. Ahora sentía a su padre más cerca. Nunca se imaginó que entre los tesoros de su padrino también estaría el de su padre. Le dio un abrazo muy fuerte a su padrino que por poco lo deja sin aire. Nunca nadie la había tratado con tanto amor como lo hacía su padrino. Estaba feliz porque ahora podría decir que había encontrado un padre en él. Se enjugó las lágrimas y se movió para el lado del volante para que su padrino le pudiera dar clases de manejo. Ya estaba oscureciendo, pero ahora más que nunca estaba decida a aprender de todo para ser independiente. De esa manera, nunca más volvería a depender de nadie ni emocional ni económicamente.

Los días siguientes continuó ensayando en el grupo, trabajando para su padrino y por las tardes se daba unas vueltas en su camioneta. Estaba tan orgullosa de tener la camioneta de sus sueños y aún más que su padre la hubiera comprado para ella. Cuando salía a manejar con su padrino, Adriel los miraba desde lejos. Aún seguía pensando que era una locura estar enamorado de ella, pero cada vez que la veía sonreír de alegría sus rodillas se debilitaban. Era un hombre reservado, pero tenía una cualidad muy especial, era observador. En el poco tiempo que llevaba conociéndola, había descubierto muchas cosas que incluso ni ella sabía. Notó que ella era como una niña y que era feliz con cualquier cosa. Era tan inocente y tan angelical que le provocaba mucha ternura. Había conocido a muchas mujeres en su vida, pero ninguna como ella. Además, ambos eran amantes de la música. Deseaba poder invitarla a caminar o al cine, pero le daba miedo que ella lo rechazara por ser un simple vaquero de su padrino. Intentó quitársela de la mente y seguir trabajando.

El día de la cita con el abogado, Alcatraz llevaba consigo todos los documentos y evidencias necesarios para iniciar el divorcio. Estaba sentada en una silla comiéndose las uñas mientras esperaba. Morderse las uñas era algo que hacía cuando estaba nerviosa, pero ese día por poco se come también los dedos. En eso la secretaria le indicó que pasara a la oficina principal. El abogado estaba sentado y se paró para recibirla. La saludó y se presentó después de acomodarse los lentes. Alcatraz le entregó los documentos y las grabaciones que traía. El abogado echó un vistazo y le dijo que el señor Jonathan Scott se estaba haciendo cargo de los honorarios. Le dijo que por el momento solo necesitaba esa documentación y que luego la llamaría, tan pronto fuera posible, para firmar los papeles del divorcio y ya después ella sería una mujer libre. En cuanto escuchó esas palabras, sintió un golpe en su corazón, pero no quiso quebrarse frente al abogado. Se limitó a darle las gracias y salió de allí. Su padrino le había prestado su camioneta que era más fácil de manejar por ser automática. Así que ella aprovechó para pasar por una licorería cercana para comprarse una botella de tequila. Desde que se había mudado a Texas no había tomado ni llorado para saciar su dolor. Sintió una gran necesidad de hacerlo. Después de preguntarle a la secretaria por la ubicación de la licorería más cercana, salió de allí cual rayo. Traía su mochila y pensó que ahí escondería la botella para que su padrino no la viera. Compró la botella y luego se regresó al rancho para entregarle la camioneta a su padrino. Al llegar al rancho se topó con Adriel, pero no lo saludó. No se sentía de ánimo para hablar con nadie. Solo quería llegar y encerrarse en su recámara y tomar hasta perder el conocimiento. Adriel, entonces, entendió que ella no quería ni siquiera una amistad con él. Una razón más para olvidarla.

Jonathan Scott andaba en las caballerizas preparando unos caballos para un evento que habría en el rancho el fin de semana. Alcatraz sintió alivio al no verlo porque no tendría que explicarle nada de lo que había hablado con el abogado esa mañana. Alma estaba en la cocina limpiando cuando la vio pasar por la puerta de la sala. Le preguntó cómo estaba y le ofreció algo de comer, pero ella le dijo que estaba cansada y que se quedaría en su cuarto para descansar. Se le hizo eterno subir las escaleras y entrar en su cuarto hasta encerrarse con llave. Aventó la mochila sobre la cama y sacó la botella de tequila. Había comprado una grabadora pequeña para poder escuchar música. Puso un disco de La Dinastía de Tuzantla, se sentó en el piso y empezó a beber. Cada trago de tequila le causaba un ardor en sus entrañas y le resultaba amargo. Al empezar a recordar su pasado, comenzó a llorar. No entendía cómo es que su vida había tomado un curso tan horrible. No tenía a su padre y su madre no la quería. Había sido abusada sexualmente de niña. Había sido maltratada y su honor había sido denigrado hasta el cansancio. Y cuando por fin creyó encontrar el amor en Pablo, de nuevo la vida le dio un golpe con su traición. Recordó la traición de Leonardo con su hermanastra. Mientras más recordaba cada maltrato de parte de su padrastro, más tequila tomaba. Ahora estaba viviendo de la caridad de su padrino. Estaba vacía, pero lo único que la llenaba eran las canciones que escribía y tocar la batería. En la vida no habría nada más para ella que eso: la música. Por el momento, solo quería dormir y no volver a despertar nunca.

Eran casi las nueve de la noche y ella seguía tomando. Su padrino aún estaba en las caballerizas y al parecer iba a demorar más. Nadie se daría cuenta de que ella tomaba hasta perderse. Tampoco nadie se daría cuenta si ella se quitaba la vida. Se empinó la botella y se tomó el último trago de tequila. Lo saboreó como si el amargo sabor le causara placer. Se levantó del piso como pudo. Se le hacía difícil mantener el equilibrio de lo mareaba que estaba. Caminó al tocador y abrió al cajón donde estaba la cajita con el revólver. Al querer sacarla la dejó caer y de la caja escapó una foto. Recogió la foto y lloró aún más al ver que en ella estaban retratados su padre, su madre y ella al frente de una iglesia. Ella traía un vestido blanco y al parecer tenía seis meses, según la fecha indicada al dorso. Era el día de su bautizo y era la única foto que tenía con sus padres. Le dio mucha angustia y con más razón levantó el revólver del piso, lo abrió y lo cargó con dos balas que estaban en la cajita. No sabía usarla, apenas por lo que su padrino le había enseñado por si necesitaba defenderse de alguien. Pero, sin saber, ella se defendería de sus propios pensamientos. Se puso una chamarra de mezclilla que Alma le había regalado y escondió el revólver bajo el brazo. Salió de su cuarto y bajó las escaleras. Alma estaba en la cocina mirando su novela y ni cuenta se dio cuando Alcatraz pasó por allí. Dio gracias a Dios que no la vieran para no tener que dar explicaciones por el estado en el que se encontraba. Salió de la casa y se dirigió a la izquierda por un caminito que conducía al kiosco. Iba llorando y al parecer se iba preparando para morir. Sacó el revólver y lo acarició con las manos como si quisiera prepararlo para lo que iba a hacer. Llegó al kiosco y se sentó en el escalón de abajo. En su embriaguez empezó a gritar: "Padre, ¿por qué me dejaste? Me quiero ir contigo. Ya no quiero estar aquí. Con tu revólver me uniré a ti".

Posó el revólver en su cabeza y cerró los ojos como para enfrentar el pánico que le provocaba esa decisión. Justo antes de jalar el gatillo, alguien llegó por detrás y le quitó el arma. Pataleó y gritó, pero estaba tan borracha que no tenía las fuerzas necesarias para ganarle a la persona que intentaba detenerla.

Capítulo 23

—¿Adriel que chingados estás haciendo?! ¡Devuélveme mi pistola y lárgate de aquí metiche! —gritó ella en su desesperación.

Adriel Mendoza fue quien impidió que cometiera un gran error. Cuando Alcatraz salió de la casa grande, él justo estaba dejando una pastura en la bodega contigua. Le resultó raro verla caminando por allí tan tarde. Luego vio que muy apenas podía caminar. La siguió para ver adónde se dirigía y al ver que traía la pistola algo en su corazón le dijo que corriera detrás de ella, aunque la muchacha no lo notó por la condición en la que se encontraba.

—No me iré de aquí hasta que te tranquilices. ¿Estás demente? ¿Qué te pasa? ¿Por qué querrías matarte? No me quiero ni imaginar. Si no te hubiera detenido, mañana me habría tocado recoger el poco cerebro que tienes del suelo —le dijo indignado.

A Alcatraz le causó gracia oír la manera en que él le decía eso, pero la risa pronto se convirtió en llanto. Se tiró al suelo y lloró con mucho sentimiento. Adriel sintió como su propio corazón se le partía en dos al verla tan frágil y sufrir de la manera en que estaba sufriendo. Siempre se veía tan feliz que nunca imaginó que cargara con semejante tristeza. Alejó la pistola y se sentó junto a ella, que temblaba como una hoja, entonces solo atinó a abrazarla. La acerco a él y la cobijo con sus brazos fuertes. Pensó que ella lo iba a rechazar pero, por el contrario, ella parecía estar tan sedienta de amor que parecía una pequeña en brazos de su padre. Le besó la frente y la abrazó aún más fuerte sintiendo de algún modo su dolor. Notó que ella estaba ardiendo de calentura. Quizás fuera por el exceso de alcohol o por tanto llorar.

—Ven, vamos para la casa para que te recuestes.

—No. No quiero ir a la casa. Llévame contigo. Llévame lejos de aquí.

Adriel no entendía lo que ella trataba de decirle porque estaba muy tomada y no hablaba claro. Trató de levantarla, pero estaba tan pesada que le costaba mucho mantener el equilibrio. Cuando logró alzarla del suelo, intentó caminar a la casa grande, pero ella se negaba a ir hacia allí. Alcatraz le pidió que la llevara a su casa. Quería ir a la casa donde había vivido con su padre. El joven no sabía qué hacer porque si la llevaba a su casa, tal vez tendría problemas con Jonathan Scott. Pero la vio tan afligida que quiso complacerla. En lugar de dirigirse a la casa grande, caminaron hasta su camioneta que estaba detrás de la bodega de pastura. La ayudó a subirse, tomó el lugar del conductor y encendió el motor. Tardó unos quince minutos en llegar a su casa y le dio gusto ver que su hermano menor estaba sentado afuera. Éste era el guitarrista de la banda de Adriel y, por las noches, después del trabajo, se sentaba afuera y se ponía a practicar con el bello instrumento.

—¡Aaron! ¡Aaron! —gritó Adriel a su hermano mientras se bajaba de la camioneta.

Aaron dejó su guitarra recargada en la pared de la casa y corrió donde estaba su hermano.

—¿Qué pasó carnal? —inquirió Aaron.

—Pasa que traigo a la ahijada del señor Scott en mi camioneta. Mira, es una larga historia, pero quiero que me ayudes a bajarla para acostarla en mi cama. Le diré a mamá que me ayude con ella mientras tú te llevas mi camioneta y buscas al patrón y le dices que su ahijada esta aquí en la casa.

—Pero ¿qué pasó? ¿Por qué está así ella? Parece muerta —preguntó asustado.

—Si no te apuras, los muertos seremos otros. Creo que se le pasaron las copas. La encontré por ahí y ella no quiso irse a su casa, así que me la traje —le dijo Adriel mientras trataba de bajarla de la camioneta.

—Carnal, hubieras dejado a esa pinche vieja tirada donde te la encontraste. Al final, ni te cae bien. Tú mismo has dicho que es una fresa con crema y una presumida —dijo Aaron.

—¡No más, Aaron! ¡Cierra el hocico o te lo rompo! ¡Solo has lo que te digo y PUNTO!

Aaron, al ver a su hermano tan enojado, hizo lo que se le pidió. Su madre se levantó al oír los gritos de ambos y salió a ver qué era lo que estaba sucediendo. Irma iba envuelta en su chal negro y se frotaba los ojos porque hacía rato que se había dormido.

—¡Santo Dios! ¿Qué escándalo traen? ¿Andas borracho Adriel o por qué gritas como un cabrón verdulero? —inquirió su madre.

Pero al ver a Alcatraz desmayada en brazos de su hijo, también corrió para ayudarlos. Entre los tres la acostaron en la cama de Adriel. Aaron salió corriendo en la camioneta y para avisarle al patrón que su ahijada estaba ahí. La madre de Adriel, por su parte, preparó un café bien cargado que la chica bebiera. Adriel pensó que, tal vez, si le daban un baño de agua fría, ayudarían a bajarle la borrachera.

—¿Qué fue lo que pasó, hijo? ¿Por qué la señorita Alcatraz está tomada?

—Madre, no lo sé muy bien. Solo sé que si no llego ahorita, estaríamos todos de luto.

—¿Pero por qué de luto?

Adriel se quitó su texana y la puso encima del tocador; luego se paró frente al espejo y suspiró.

—Madre, Alcatraz se quiso matar con este revólver. Yo la vi salir de la casa grande y se me hizo raro que anduviera sola y tan tarde. Noté que no podía caminar bien y decidí seguirla. Fue cuando la vi con el revólver. Sin pensarlo, corrí a quitárselo, pero la condenada casi me golpea estando ebria y todo.

Su madre observó a su hijo. Había algo diferente en él y ella sabía exactamente lo que le pasaba a su hijo.

—¿Estás enamorado de la   señorita Alcatraz, verdad? Y no me mientas que soy tu madre y te conozco —le preguntó Irma a su hijo mientras le ponía una toalla fría en la frente a Alcatraz.

Adriel podía ver el reflejo de su madre en el espejo y sabía que podía mentirle a cualquier persona menos a ella.

—Madre ¿es tan obvio? ¿Pero cómo es qué supo?

—Hijito, te conozco como a la palma de mi mano. Del tiempo que llevamos viviendo aquí no has tenido novia y ninguna de las hijas de los demás vaqueros te han llamado la atención a pesar de los esfuerzos de ellas. ¿Recuerdas a Lupita? Ella estaba loca por ti, pero tú ni caso le hacías. Y bueno, todas las demás muchachitas, que por cierto muy bonitas, tú no las tomaste en cuenta. Pero desde que llegó la ahijada del patrón, tú estás distinto.

Adriel hubiera preferido poder escaparse y no tener que decirle la verdad a su madre. Pero era verdad. Se había enamorado de Alcatraz como un pendejo. Había otro vaquero que la pretendía y salían a comer. Él sabía que no eran más que amigos, pero aun así, sentía unos celos pendejos porque Alcatraz ni lo pelaba. Justo ese día, antes de encontrarla borracha, ella había pasado a su lado y ni siquiera lo había notado. Se sentía como un cabrón pelele. Justo cuando le iba a confesar a su madre la verdad, Alcatraz empezó a toser muy fuerte. Adriel fue por un bote porque sabía lo que se venía. Alcanzó a llegar justo a tiempo para ponerle el bote en su cara para que ella vomitara. Irma la sostuvo de los hombros para que no se cayera. Alcatraz se limpió la boca con su mano y luego trató de incorporarse. Miró a todos lados porque no sabía dónde estaba.

—¿Dónde estoy? —preguntó.

—En mi casa —le contestó Adriel.

—¿Qué hago aquí?

—Te traje aquí porque tú me lo pediste. No quisiste regresar a la casa grande.

—Ah...

Irma le puso la taza con café para que bebiera. Alcatraz no quería beberlo porque sentía mucho asco, pero Irma le insistió.

Entonces bebió todo el café y después de un rato la borrachera empezó a bajar. Adriel le había dicho a su madre que tratara de ayudarla a bañarse con agua fría, pero Alcatraz se negó. Irma sintió en su corazón que esta niña hermosa y asustada tenía una gran necesidad de hablar con alguien. Le pidió a Adriel que las dejara a solas un momento para que ellas pudieran hablar. Adriel ya conocía a su madre, pero no le gustaba llevarle la contraria porque sabía bien que no le iba a ganar. Se puso su texana y salió. No se había dado cuenta de que también su padre había despertado al oír el escándalo, quien había decidido sentarse afuera con su taza de café para no interferir. Acompañó a su padre a contemplar las estrellas de la noche mientras su madre hablaba con Alcatraz.

—Yo no soy su madre, señorita, pero Adriel me contó lo que usted quiso hacer. No soy quién para juzgarla y sus razones tuvieron que ser muy fuertes para haberse querido quitar la vida. No quisiera aconsejarla, pero permítame decirle que quitarse la vida es un pecado ante los ojos de Dios. ¿Por qué quiso hacerlo, niña?

Alcatraz soltó el llanto y, al parecer, conmovió mucho a Irma porque en realidad estaba sufriendo. Había penado desde que su padre murió y sentía que ya no tenía fuerzas para seguir luchando. Sin embargo, sintió tranquilidad y confianza con esta linda señora y decidió abrirle su corazón. Mientras le compartía sus penas, Irma la tomó de las manos y la acariciaba para tranquilizarla. Ahora más que nunca, Irma sintió un gran respeto y admiración por ella. Después de haber oído su historia y todas sus tragedias, sabía que el futuro de esta hermosa joven era grandioso.

—Cuando Dios te deja sufrir de la manera en que permitió que tú lo hicieras, es porque tiene algo tan maravilloso para ti en un futuro. Te ha estado preparando para recibir ese regalo tan maravilloso que tiene para ti.

Alcatraz nunca lo había pensado desde ese punto hasta después de escucharlo de esta mujer. Siempre sintió que Dios la odiaba a ella también.

Jonathan Scott llegó después de un rato, pero por la cara que traía, todos se dieron cuenta del gran cariño que sentía por su ahijada. Se bajó de la camioneta sin siquiera apagarla. Lo único que le importaba era ver que Alcatraz estuviera bien. Solo estaba al tanto de que Alcatraz había bebido hasta perder el conocimiento, pero no de la segunda parte de la historia. Adriel pensó que esa parte le correspondía solo a ella contársela. No quiso pecar de imprudente.

Capítulo 24

L e llevó casi tres días a Alcatraz recuperarse de la guarapeta que se había puesto. Hacía mucho tiempo que no bebía como lo hizo ese día. Durante esos tres días, no salió de su habitación más que para comer e ir al porche para tomar un poco de aire. Su padrino se había preocupado demasiado y pensó que lo más prudente sería que ella se tomara unos días para descansar. Tampoco había asistido al ensayo del grupo, pero sin embargo, seguía escribiendo canciones. En esos días solo había visto a Adriel desde lejos. Se sentía un tanto avergonzada por lo sucedido y ni siquiera se atrevía a verlo para al menos darle las gracias por haberla ayudado. Decidió juntar coraje e ir a verlo a su casa por la tarde. Ya sabía conducir la camioneta le había dejado su padre. Aprendía muy rápido porque sus ganas de salir adelante eran demasiadas. Pensó en alguna excusa para ir a la casa de Adriel, pero no se le ocurría nada hasta que se acordó de que él aún tenía su revólver. Sí, esa sería la excusa perfecta. Le diría que solo fue hasta allá por su pistola porque era de su padre. Sacó un camisa azul de su closet y se la puso. Trató de arreglarse el cabello y hasta se maquilló un poco también. En general, no usaba maquillaje, pero quería verse bien para Adriel. Era extraño, pero sentía que se estaba enamorando de él. Era absurdo también porque ella solo amaba a Pablo, pero después de aquella noche en la que casi comete una locura, empezó a ver a Adriel con otros ojos. Simplemente no se animaba hablar con él porque parecía muy serio y de malas siempre. En los ensayos del grupo, siempre estaba como enojado. Y, además, ya ni siquiera formaba parte del grupo porque habían conseguido a otro acordeonista.

Cuando ya sintió que estaba presentable, tomó su mochila y se encaminó a la camioneta para ir a la casa de Adriel. Iba a todos lados con su mochila roja. En ella siempre llevaba sus libretas con canciones. No sabía cuándo le llegaría la inspiración para una canción, así que mejor estar preparada. Encendió y apagó la camioneta cuatro veces. No tenía valor para ir a buscarlo, pero Alma le dio el empujón que ella necesitaba. Alma debió haber sido bruja en otra vida porque sabía perfectamente adónde iba Alcatraz. Y todo por el simple hecho de haberla visto arreglándose. La madre de Adriel ya le había comentado a Alma cuáles eran los sentimientos de su hijo respecto de la ahijada del patrón. Pensó que hacían una linda pareja porque ambos amaban la música y porque tenían sentimientos nobles. Adriel siempre escondía esa sensibilidad detrás de su actitud ruda, pero en realidad era pura dulzura.

—Alcatraz, si vas a ir, ¡vete ya! Las oportunidades solo se dan una vez en la vida. Y esta es la tuya. ¡Abre los ojos, criatura!

—¿De qué habla? Yo no iba a ningún lugar, solo salí a tomar aire.

—Criatura, sé que vas con el joven Adriel. Si quieres, dile que yo te mandé a buscar a su madre para unas recetas de mole poblano. Di lo que quieras, pero ¡veta ya!

Alcatraz solo sonrió. Encendió la camioneta nuevamente, puso el cambio y arrancó levantando un poco de polvo.

Adriel estaba terminando de comer cuando oyó el motor de una camioneta. La única persona que llegaba en camioneta era Jonathan Scott o su hermano Aaron, pero sabía bien que él aún estaba trabajando en la labor del otro rancho pequeño que también le pertenecía al patrón. Dio un último bocado a los frijoles, se levantó de la silla y caminó hacia la ventana para ver quién era. Por poco y se atraganta con el bocado al ver que era Alcatraz. Se puso muy contento aunque no sabía qué hacía ella allí. Se dio prisa y se puso su camisa, un poco de colonia y su texana. Iba a salir, pero prefirió esperar a que ella llamara a la puerta. Su padre aún no regresaba de trabajar, pero su madre estaba en la recámara viendo su novela. Adriel fue al cuarto y le pidió que no saliera de ahí para nada. Le explicó que Alcatraz estaba afuera y que prefería hablar con ella a solas. Su madre se puso tan feliz al ver el entusiasmo de su hijo que aceptó la petición. Alcatraz, sin embargo, no se bajaba de su camioneta. Estuvo sentada un buen rato como si estuviera esperando que alguien la sacara de allí. Se había arrepentido, pero su corazón le decía que se quedara. Por lo tanto, Adriel seguía esperando detrás de la ventana como chismoseando. No entendía por qué no bajaba de la camioneta y le tocaba la puerta.

—Hijo, ¿por qué no sales tú?

Su madre estaba parada detrás de él. Adriel brincó del susto. Fue tan gracioso que su madre casi lloraba de risa. Cómo amaba Adriel ver a su madre reír de esa manera. Su madre regresó a su cuarto y él se acomodó la texana y salió. Alcatraz estaba recargada en el volante, pero se enderezo al ver a alguien salir de la casa. Se quedó sorprendida al ver que era Adriel, y además porque ambos vestían el mismo color de camisa. Adriel caminó hacia la camioneta haciendo que el ritmo cardíaco de ella se acelerara.

—Hola, ¿cómo estás? —preguntó.

—Bien, ¿y tú? —respondió Alcatraz.

—Estaría mejor si te bajaras de tu camioneta. Te prometo que no te voy a morder.

—Em, okey.

Bajó de la camioneta y él también se sorprendió al verla con camisa azul.

—Ni que nos hubiéramos puesto de acuerdo en vestir el mismo color, ¿no?

—Ah, ¿sí, verdad? Mira, perdón por molestarte, pero vine porque quiero darte las gracias por lo del otro día y también a pedirte que me devuelvas el revólver. Es que era de mi padre.

Adriel observaba la tierna y frágil imagen de la muchacha. Definitivamente, ella no era como él había creído. Pensó que sería una muchacha prepotente por ser la ahijada de Jonathan Scott y que no se fijaría en él. Pero al saber que ella había tenido algunas citas con otro vaquero del rancho, pensó que quizás podría tener un poco de esperanza. Se sentía mejor partido que el otro vaquerillo. No pudo contenerse al verla tan preciosa vestida de vaquera. Se le lanzó y la besó. Ella intentó rechazarlo al principio, pero al sentir sus labios tibios, se derritió bajo su hechizo. Dado que ella le correspondía, la acercó un poco más hacia él y llevó sus brazos alrededor de su cintura. Fue el beso más tierno y amoroso que alguien le había dado. Dejó escapar algunas lágrimas porque por primera vez después de mucho tiempo podía también conectar con el alma de quien la besaba. Adriel tampoco era como ella había pensado. Se había comportado de una manera un tanto grosera con ella hasta aquel día en que le quitó el revólver. El beso duró un largo rato y ella le pidió a Dios que ese momento nunca acabara.

—¿No que no me ibas a morder?

Adriel soltó la carcajada y se sonrojó porque era verdad.

—Perdóname. No quise ser un atrevido, pero es que ya no me pude contener. Estoy enamorado de ti y quiero que seas mi novia. Entiendo si me dices que no, pero no quiero correr el riesgo de que ese vaquerillo feo me gane.

—¿Quién? ¿Samuel?

—Sí, ese pendejo.

Alcatraz sentía mariposas en su estómago por la emoción. Cuando estaba a punto de darle una respuesta, la madre de Adriel gritó por la ventana.

—Hija, dile que sí aceptas ser su novia y entren a comer unos buñuelos —dijo la madre de Adriel y todos rieron.

—Mira, necesito tiempo para pensarlo porque hay muchas cosas que tú no sabes de mí. Mejor vamos a adentro a comer buñuelos y luego vamos a algún lugar a platicar. ¿Te parece?

Adriel por poco y brinca como un chapulín de lo contento que estaba. Ella no le había dado una respuesta aún, pero no le hacía falta porque con el beso que se dieron estaba más que claro que ella también sentía algo por él.

Entraron a la casa y comieron buñuelos y después se fueron a una cafetería que estaba a quince minutos del rancho. Alcatraz le avisó a su padrino que llegaría un poco tarde para que no la esperaran para cenar. Le dijo dónde iría y con quién. Scott estaba alegre de que Alcatraz saliera con Adriel. Al parecer, todos en el rancho ya estaban enterados de los sentimientos de Adriel, excepto ella.

Capítulo 25

Roberto Serrano estaba jalando unos cables para conectarlos a la luz. Estaba preparando los instrumentos, parlantes y micrófonos para la tocada de esa tarde. Se había ausentado unos días para viajar a Chicago a ver a un sastre de nombre Saúl Salazar. Le había ordenado unos trajes para los integrantes del grupo. Todos los trajes quedaron estupendos, pero sobre todo el de Alcatraz. Le pidió al sastre que le pusiera una flor de alcatraz en la parte trasera del chaleco. Resaltaba mucho más ahora. Todos sabrían que ella era la estrella esa tarde. A Jonathan Scott se le ocurrió que sería buena idea que el grupo hiciera su debut en el evento en su rancho. En general, era el coordinador de dos rodeos al año y pensó que sería fantástico tener al grupo esa tarde. Podría presumirles a sus conocidos que la baterista era la hija del gran Rigoberto Vallarta y su ahijada. Alcatraz estaba nerviosa por el debut. Hacía mucho tiempo que no tocaba frente al público. Por otro lado, no estaba muy convencida de tocar en un rodeo donde lo único que hacen es maltratar a los caballos y a los toros. Pero su padrino le pidió tanto que lo hiciera, que no pudo despreciarlo después de todo lo que él hacía por ella. Le pagaba un buen sueldo y no le permitía que ella le pagara una renta. Entonces, abrió una cuenta en el banco y empezó a ahorrar su dinero para regresar a la escuela y comprarse una casa en un futuro. Era una manera de devolverle un poco todo lo bueno que él hacía por ella. La guitarrista del grupo se fue ese día un poco más temprano al rancho para alistarse en el cuarto de Alcatraz. Los demás integrantes se alistaron en la habitación vacía de la casa grande. Roberto Serrano y Jonathan Scott andaban preparando todo para el evento. Iba a ser un día grandioso para todos, pero sobre todo para Alcatraz.

Se aproximaba la hora de inicio del evento y Alma ayudaba a Alcatraz a terminar de enrizarse el cabello. Alma le hizo una seña a la guitarrista para que las dejara a solas porque quería saber qué había pasado con Adriel el día que fue a su casa. Alcatraz le contó que ella sentía algo muy grande por él y que de hecho se estaba enamorando. Estaba un poco confundida por todas las malas experiencias que había tenido en sus relaciones. Pero Adriel era distinto. Le brindaba tranquilidad y confianza; dos sentimientos que ningún hombre la había proporcionado, a excepción de su padre y su padrino. Pero esto que sentía por Adriel era muy diferente. Mientras más hablaba de él, más le brillaban los ojitos. No se dio cuenta de que Adriel estaba parado justo en el umbral de su puerta mientras ella miraba hacia afuera por la ventana. Él estaba a punto de tocar a la puerta como un buen caballero cuando oyó las palabras de Alcatraz y no pudo más que estremecerse.

—¡Qué hermosa estás!

Alcatraz brincó de su silla toda espantada porque estaba segura de que él había escuchado todo. No sabía bien por qué, pero sospechaba que Alma había tenido algo que ver con todo eso. Quizás ella sabía que Adriel estaba allí y había planeado esta pregunta a propósito. Se sonrojó mucho ante esta situación. Adriel lucía tan guapo y varonil. Traía una texana negra con una camisa color marrón y unos jeans negros con sus botines color cremita. Se había puesto una colonia que olía tan exquisita que volvió loca a Alcatraz.

—Bueno, yo los dejo solos para que hablen. No se tarden porque ya casi les toca empezar —dijo Alma mientras recogía las pinzas de cabello.

Adriel se hizo a un lado para que Alma pudiera pasar y luego se acercó hasta donde estaba Alcatraz parada. Se puso a apenas unos centímetros de distancia, lo suficiente para poder sentir su perfume y ella el de él. Adriel pudo notar que Alcatraz se ponía nerviosa. Eso le agradaba mucho porque estaba seguro de que era correspondido. Le acarició los risos de su cabello, la mejilla y le dio un beso en los labios. Ella le correspondió, pero enseguida lo apartó.

—Por favor, recuerda lo que hablamos. Quiero esperar a estar divorciada para poder tener algo contigo. Me hace sentir mal estar con alguien más estando aún casada con Pablo. Sé que él lo hace, pero yo soy diferente.

—Claro, bonita. Lo recuerdo y te pido disculpas. Pero entiéndeme tu a mí que al verte tan hermosa y frágil, lo único que quiero es tenerte entre mis brazos. Pero sabré esperar; te lo prometo. Y bueno ¿ya lista para irnos que hoy es tu gran día? Bueno, el de ambos, porque con mi grupo tocamos después de ustedes —dijo Adriel dirigiéndose a la puerta.

Alcatraz se sintió muy afortunada y estaba feliz. Ahora le

daba gracias a Dios por todo lo malo que le había tocado vivir, porque podría disfrutar con más intensidad todo lo bueno que ahora le deparaba la vida. Salió de la casa del brazo de Adriel.

—Un día saldremos así, pero de la iglesia y tu estarás hermosa en tu vestido de novia.

Ella no dijo nada, pero en el fondo de su corazón, anhelaba lo mismo que él.

Alcatraz se subió a la tarima y con las baquetas en la mano saludó al público. Se sentó a la batería, se acomodó y le dio un golpe a la tarola, contó hasta tres e hizo un redoble para iniciar el ritmo. De inmediato, la gente se encendió y ella cerró sus ojos para poder sentir cada golpe que le daba en la batería. Después de unos segundos, se sumaron los demás integrantes y el acordeón comenzó a tocar las notas de una melodía y de ahí siguieron el resto de los instrumentos. Alcatraz sintió que se transportaba a un mundo mágico mientras tocaba. Perdía la noción del tiempo. Se le olvidaban sus penas y tristezas. De repente, volteaba a ver al público y entre todos ahí estaba la cara de Adriel, que era la que resaltaba. La miraba con admiración y amor. Esto la motivaba a pegarle a la batería con más fuerzas. Este era su momento. Era el momento que tanto había esperado después de años. Tocaron por una hora y luego tocó el grupo de Adriel. Después de ellos siguieron otras bandas y Adriel y Alcatraz bailaron toda la noche. Jonathan Scott y Roberto Serrano también disfrutaban del evento al igual que todas las personas que habían asistido. Se decía que Jonathan Scott no bebía ni una gota de alcohol. Solo bebió el día de su boda, el día que mataron a Rigoberto y esta misma noche en el evento. Alcatraz no podía creer que finalmente estaba en un lugar donde le era permitido ser feliz y disfrutar. Antes de partir a Texas, sentía que ser dichoso era pecado, pero ahora todo era distinto. Entre más sentía el calor de Adriel mientras bailaban, menos quería estar lejos de él.

Capítulo 26

Habían pasado tres meses desde que Alcatraz le llevara los documentos al abogado para su divorcio. Había llegado el día de presentarse ante el juez para, por fin, ser una mujer libre para amar a Adriel sin impedimentos. Aunque estaba emocionada por empezar una nueva vida, sentía nostalgia de cortar el último lazo que la unía a Pablo. Durante todo el proceso tuvo el apoyo de muchas personas que ahora formaban parte de su nuevo comienzo, que la alentaban a sonreír a pesar de los obstáculos. No había día en que ella no le diera gracias a Dios y a su padre, el gran Rigoberto Vallarta, por haberla iluminado aquel día que decidió hablar con Roberto Serrano. No quiso ni imaginarse qué habría sucedido si no le hubiera hecho caso a su instinto. Si hubiera ignorado el susurro de su corazón, jamás se habría topado con Jonathan Scott. Ahora ella estaba bien lejos de las personas que la habían hecho sufrir y dudar de su propio potencial. Había atentado contra su propia vida, pero después del último intento con el revólver de su padre, había descubierto al ser que la ayudaría a ver las cosas de otra manera. Adriel Mendoza hizo que ella reflexionara sobre lo sagrado de la vida y de que no vale la pena querer quitársela por nadie. Le dijo que ella tenía que aferrarse a su sueños y metas. Le dijo que si la música era lo que hacía palpitar su corazón, debía ir por ese camino. Esas palabras penetraron en su ser y ahora lo único que quería era vivir para poder compartir su música con los demás.

Fue el día más largo de su vida, pero cuando el juez la declaró oficialmente divorciada de Pablo, pudo sentir cómo su alma se liberaba. El abogado había hecho un trabajo tan excelente que no fue necesario que Pablo se presentara en el tribunal de Texas. Alcatraz tenía suficiente evidencia para demostrar que su presencia podría haberle provocado una crisis nerviosa. Pablo la había golpeado en un par de ocasiones, pero el abuso emocional y verbal había sido constante. El abogado pidió una orden de restricción por daños contra su cliente. El juez adjudicó todo lo que el abogado había pedido porque las pruebas eran suficientes para que el proceso se llevara adelante sin estar Pablo presente.

Afuera del edificio la esperaban su padrino, Alma, Roberto Serrano y Adriel. Ellos le habían prometido que si todo salía bien, irían a festejar a una barra muy conocida donde era sabido que llevaban a los mejores grupos locales de música country. Alcatraz salió corriendo como loca y por su expresión supieron que todo había salido bien. Todos brincaron junto con ella como si de cierta manera también se hubiesen liberado de un amor tóxico.

La barra estaba a media hora de camino y llegaron justo a tiempo para ver al primer grupo de la noche. Alcatraz nunca había asistido a un lugar así y mucho menos había escuchado música country en vivo. El grupo que tocaba esa noche, The Rangers, era originario de Dallas, Texas. Tocaban canciones inéditas y tenían un estilo muy único. Alcatraz se enamoró del género y se inspiró para componer unas canciones de ese estilo. Esa noche bebieron, bailaron, se rieron y disfrutaron como nunca antes. Adriel estaba más que seguro de que Alcatraz era la mujer de sus sueños. Era linda y muy intensa. Amaba la manera en la que ella se ilusionaba con la música. Mientras disfrutaban de la noche, él la observaba y pudo imaginar una vida con ella. Él también componía canciones y amaba la música tanto como ella. Se soñó componiendo canciones con ella y tocándolas en eventos. Se la imaginó vestida de blanco en el altar y de su brazo. Suspiró una y otra vez con cada pensamiento junto a su amada.

Adriel pensó que era prudente esperar a que pasara un poco de tiempo para pedirle a Alcatraz que fuera su novia. Ella ya estaba divorciada como quería para poder aceptarlo. Creyó que era el momento oportuno para volver a pedírselo. Decidió esperarla afuera de la caballeriza hasta que ella saliera del ensayo con el grupo. Le había comprado unos alcatraces porque sabía que eran sus favoritos. Estaba nervioso pero también contento. Vio que los integrantes del grupo estaban saliendo y se despedían de Roberto Serrano y de Alcatraz. Pensó que lo mejor sería entrar a buscarla en vez de esperar. Se puso su texana y se bajó de la camioneta. Se quedó parado en la entrada y dio un suave golpe en la puerta para que ella volteara.

—¡Adriel! ¡Qué sorpresa! Pasa, por favor —le dijo Alcatraz.

Entró y saludó a Roberto Serrano y luego a su amada. Quiso darle un beso largo y apasionado pero se contuvo porque no estaban solos. La saludó formalmente y a ella le causó gracia porque pudo percibir lo que él sentía. Roberto, al ver las flores, dijo que tenía que irse porque había quedado en cenar con Jonathan

Scott. En menos de diez segundos, salió por la puerta dejándolos solos. Alcatraz estaba sentada en el banco detrás de la batería pero Adriel se dio la vuelta para poder proseguir con lo que tenía en mente. Se hincó a un lado de ella entregándole las flores.

—Alcatraz Paloma Vallarta, ¿desea usted ser mi esposa? —le propuso.

Por poco y se cae de espaldas de la sorpresa. Ella juraba que le pediría que fuera su novia, pero ¿SU ESPOSA?

—¿Tu esposa?

—Sí, mi esposa. Te iba a pedir que fueras mi novia pero, en realidad, sé que eres la mujer de mi vida y como quiera que sea un día te lo pediré. Quiero que seas mi esposa, pero nos casaremos cuanto tú quieras y cuando te sientas segura.

Metió su mano en el bolsillo de su chamarra y sacó una cajita negra. Le tomó la mano a su amada y le dio la cajita. Alcatraz no podía parar de llorar. Abrió la cajita, que contenía el anillo más hermoso del mundo. Al parecer, Adriel había comprado el anillo el día después de que se besaran por primera vez. Su intención fue primero pedirle que fuera su novia y con el tiempo le pediría su mano, pero luego se dio cuenta de que quería pasar el resto de su vida con ella y ya no lo quiso demorar más. Algo en su corazón le decía que ella le diría que sí y no se equivocó. Alcatraz se incorporó jalándolo también y se lanzó a sus brazos. Le dio un beso y con lágrimas le dio el sí.

—Acepto, Adriel. Acepto ser tu esposa, pero sí quiero que nos tomemos un tiempo para estar seguros de que esto es lo que ambos queremos. Sabes que apenas voy empezando con mi carrera en la música y deseo enfocarme ahora en eso.

—Todo se hará como tú digas, amor mío. Yo estaré aquí siempre para apoyarte y verte brillar. Mi mayor orgullo será que logres cumplir tus sueños. Pero estaremos juntos y nunca más estarás sola.

Capítulo 27

Los siguientes meses fueron mágicos y llenos de oportunidades para Alcatraz. El grupo donde ella tocaba había logrado gustarle a mucha gente y ahora tenían eventos cada fin de semana. Roberto Serrano le permitió cantar sus canciones en los eventos. No solo su voz era hermosa, sino que las canciones que componía llegaban directo al corazón. Con el tiempo, las personas empezaron a contratar al grupo para fiestas privadas y eventos más grandes como festivales de grupos y bandas famosas. Su relación con Adriel iba cada vez mejor. El recuerdo de Pablo se desvanecía y ella se enamoraba más de su nuevo amor. Además de tener una relación amorosa, ahora también eran compañeros de música. Él decidió integrase al grupo con ella. También, por las tardes, empezó a enseñarle a tocar la guitarra para que pudiera componer la música de sus canciones sola. Adriel era un cofre del tesoro porque estaba lleno de talentos y dones. Y además era muy inteligente.

Entre más aprendía a tocar la guitarra, más habilidad desplegaba para componer. En un mes compuso quince canciones y, con la ayuda de su amado y de Roberto Serrano, las perfeccionó.

Jonathan Scott tenía algunos contactos que podrían ayudar a su ahijada a grabar las canciones que ella había escrito. Todos la apoyaron para que ella se animara hacerlo. Adriel sobre todo creía en ella y estaba seguro de que apenas grabaran sus canciones, ya podrían promocionarlas. Cualquier promotor al escucharlas querría trabajar con ella.

Roberto Serrano le agendó una cita en un estudio de grabación muy conocido en la región. Era un tanto difícil que ellos aceptaran a alguien que recién se iniciaba, pero al escuchar las canciones y la voz de Alcatraz, pensaron que realmente tenía futuro. El proyecto de grabar y completar el primer disco de Alcatraz fue un trabajo de dos meses. El producto final era tan fenomenal que ni ella podía creerlo. Jonathan Scott y Roberto Serrano se encargaron de promocionar el disco con gente conocida del medio artístico. De igual manera lo harían en los eventos donde tocaba el grupo. Poco tiempo después de que ella grabara su disco, Roberto Serrano decidió cambiarle el nombre al grupo y llamarlo como la baterista estrella: Alcatraz Vallarta. Ella se sintió tan halagada que no tuvo las suficientes palabras para agradecerle. Sus sueños se estaban haciendo realidad en la música como en su vida personal. Ella había deseado con tantas fuerzas tener una familia y alguien que amara y aceptara cada parte de ella. Ahora tenía a una familia que eran todos lo que estaban en el rancho Wyatt, incluidos los integrantes del grupo. Tenía un prometido maravilloso que cada día le enseñaba a amar más y más la vida. Ella seguía trabajando como administradora del rancho de su padrino y había juntado el suficiente dinero como para regresar al colegio y pagarse la carrera. De vez en cuando pensaba en su madre y en lo mucho que deseaba poder llamarla para contarle lo bien que le estaba yendo todo, pero sabía que eso no era posible.

En lugar de ponerse triste, sin embargo, se alegraba porque Alma y la madre de Adriel la trataban como si fuera una hija. Irma le había tomado tanto cariño que solía decir que era la hija que no pudo tener. Adriel estaba feliz por la conexión que había entre ambas. Aaron, el hermano menor de Adriel, la trataba como si fuera su hermanita menor y procuraba que estuviera bien. Y ni hablar de su padrino Jonathan Scott. La adoraba como si fuera su propia hija. En una ocasión Mark, el hijo de Jonathan Scott, se disgustó por las atenciones que su padre le daba a Alcatraz. Pero su padre hizo caso omiso a los reclamos de su hijo. Sabía lo que hacía y que era justo, le daba a cada persona lo que merecía. Mark, no lo tendría todo así nomás por el simple hecho de ser su hijo. Tenía que trabajar para ganárselo. Alcatraz en un año había trabajado tan duro para lograr sus metas que Scott sentía que ella merecía mucho más todo aquello que a su hijo le pertenecía por sangre.

Adriel y Alcatraz llevaban un año comprometidos y a él se le ocurrió invitarla a dar una vuelta por un lago a media hora del rancho. Compraría una champaña y algo para cenar. Tenía una gran sorpresa para ella y sabía que sería la noche perfecta para dársela. Quería que fuera una cena romántica bajo las estrellas en el silencio de la noche. Recogió a su amada a las seis de la tarde y partieron rumbo al lago. En el camino platicaron un poco acerca del pasado del Alcatraz.

—¿Sabes? Siempre he tenido curiosidad por saber por qué dejaste la música si es algo que te apasiona tanto?

Alcatraz volteó a ver el sol que ya se ponía y luego se volvió hacia Adriel.

—Es una larga historia. Mira, pues Pablo también andaba en la música al igual que yo cuando nos conocimos. De verdad fue algo que me enamoró aún más de él porque me imaginé una vida como matrimonio en la música. Pero al casarme con él me enteré de que tenía una doble vida y descubrí sus mentiras. Entonces me deprimí mucho. Después de un tiempo, se volvió posesivo conmigo. No me dejaba vestir a mi gusto y hasta sentía que quería controlar mis pensamientos. Su cuñada era cristiana y él aprovechó el tema de la religión para manipularme. Sabía que yo era sensible y un tanto ingenua. En la iglesia nos decían que la música era del diablo y muchas cosas de esas. Bueno, un día por la noche, entró en la recámara y me soltó un discurso sobre el diablo y la música. Tomó mi caja de discos y los empezó a quebrar uno por uno. Obviamente, yo enloquecí al ver lo que hacía, pero me convenció de que era lo mejor. Mi padre me había dejado una medallita con la imagen de la virgen de Guadalupe y Pablo me la tiró a la basura. Muchas de las cosas que me ataban a la música fueron a parar a la basura. Imagino lo que estás pensando. Créeme que no hay un día en que no me arrepienta por haber dejado que lo hiciera.

Adriel le secó las lágrimas que rodaban por sus mejillas. Recordar su pasado aún le traía mucho dolor. A él no le gustaba verla así, pero sabía que para formar un matrimonio feliz tenían que hablar de todo y lograr sanar las heridas.

—Lo siento mucho, amor mío. ¿Y luego qué sucedió?

—Bueno, pues con el tiempo yo me fui apagando. La llama de mi corazón se esfumó. Luego, después de enterarme de más mentiras, me dio mucha rabia y quemé todas las libretas donde había escrito mis canciones. Me resigné a estar destinada a ser una mujer amargada, casada con un hombre malo. Tenía miedo de dejarlo. Mucha gente me dijo que lo dejara, pero para mí no era tan sencillo. Y, pues, lo demás ya lo sabes. Te lo conté el día que tomamos un café después de nuestro primer beso. ¿Recuerdas?

Adriel le tomó la mano y se la besó.

—Por supuesto que me acuerdo. Pero mejor vamos a cambiar de tema y pasemos a algo más alegre. ¿Qué harías tú si en este momento llegara el promotor más famoso de México y te dijera *"Alcatraz Vallarta, eres una estrella, por lo tanto quiero representarte y promocionarte en una gira de un año por todo México?"*.

—Le diría que lo siento, pero que tengo un prometido muy celoso —dijo rascándose la cabeza.

Ambos se rieron.

—Ya, en serio, ¿qué harías?

—Pues, lloraría mucho, pero de gusto. Porque desde niña que sueño con poder cantar mis canciones en eventos en México. Recuerdo tanto las canciones de Vallarta Show. Me imaginaba siendo la líder del grupo con un público conformado totalmente por osos de peluche. En realidad, pensaba que eran mis fans. También, cuando tenía tantos problemas en mi casa, me encerraba en mi habitación y hacía mis conciertos imaginarios allí. Pero, ¿por qué preguntas?

—Solo tengo curiosidad.

Adriel estacionó la camioneta frente a un árbol al lado del lago. Bajaron la comida y la champaña y se sentaron en la puerta de la caja de la camioneta. Brindaron por su amor, por la música y por la vida. Era una noche hermosa. Todo parecía estar a favor de esta linda pareja. La noche estaba tranquila y los grillos y ranas fueron los músicos aquella noche. Las estrellas iluminaban sus rostros y el agua era el reflejo del amor que se tenían.

Adriel bajó la copa de champaña para poder sacarse la cartera del pantalón. Sacó una tarjeta de negocio de color roja y se la entregó a Alcatraz.

—¡Felicidades, amor!

—¿Qué es esto?

Adriel se levantó y parándose frente a Alcatraz, le tomó las manos.

—Tienes que prometerme que nunca me vas a olvidar. Tu vida va a cambiar mucho y quizás tus metas cambien pero yo quiero seguir a tu lado porque te amo.

Alcatraz no entendía en lo absoluto lo que le estaba diciendo.

—Adriel, ¿qué pasa? ¿Por qué me dices todo esto?

—En el camino te pregunté qué harías si de repente llegara un promotor para promocionarte, ¿recuerdas?

—¡Sí!

—Bueno, amor mío. Tu sueño se ha cumplido. Yo solo soy el mensajero. El promotor de DiscMex fue a uno de los eventos. Le fascinaron tu música y tus canciones. Pidió hablar con el manager del grupo, Roberto Serrano. Hablaron. Él quedó impactado contigo y quiere llevar tu música a México. Lo lograste, amor. Ahora viene lo bueno.

Se quedó en silencio. No sabía cómo reaccionar. Había esperado tanto ese momento que pensó que estaba soñando.

—¿No me mientes?

—No tengo por qué hacerlo, amor.

—¡Es que esto es increíble! Toda mi vida sufriendo por la falta de mi padre y luego por el desamor de mi madre. Luego todas las desilusiones que pasé. Y ahora me dices que hay alguien que quiere que yo, Alcatraz Vallarta, cante mis canciones por todo México!

—Sí, amor, así es. Estoy tan orgullo de ti y de ser tu futuro esposo.

Alcatraz brincó y corrió de un lado para otro. Abrazó y besó a Adriel con tantas fuerzas. Luego volvió a llorar. Y así toda la noche. Adriel estaba tan feliz de verla brincar de alegría como una chiquilla. En realidad, estaba orgulloso de ella. Era la persona más fuerte que él había conocido. Se merecía todo lo bueno de la vida y él estaba feliz por ser parte de esos momentos. Estaba contento de que Dios lo hubiera puesto en su camino aquella noche en la que ella casi se quita la vida con un revólver. Si no hubiera llegado, una princesa hermosa no habría tenido la oportunidad de ver en todo lo que se podía convertir si solo creía un poco más en los dones que Dios le dio. Esa noche hubo una fiesta sorpresa en el rancho para felicitar a Alcatraz por su logro. Todos en el rancho Wyatt estaban enterados de la gran noticia, pero decidieron que Adriel fuera el privilegiado en contárselo. Si su padre, el gran Rigoberto Vallarta, viviera habría estado tan feliz como lo estaba ella en esos momentos. Pero sabía que él la miraba y la cuidaba siempre desde el cielo. Ahora solo le pedía su bendición para llevar a cabo lo que le esperaba como la próxima cantautora de México.

Capítulo 28

———————

Alcatraz estaba mirando la tarjeta roja que Adriel le había entregado. En ella se leía el nombre Uriel Cabrera, promotor y productor general de DiscMex. Tomó su celular y marcó el número que figuraba en la tarjeta.

—Uriel Cabrera, usted diga —contestó un hombre del otro lado de la línea.

—Hola, buenas tardes, señor Cabrera. Mi nombre es Alcatraz Vallarta. Mi manager, Roberto Serrano, me dio su tarjeta junto con su mensaje. Le estoy hablando para saber si sería posible vernos para conversar.

—Ah, Alcatraz, qué gusto que me da que me hayas hablado. Quedé impresionado con tu estilo de música. Sí, de hecho, ya le iba a hablar a Roberto así que mucho mejor que me hayas llamado tú. Yo ando por Monterrey en este momento, pero regreso a Texas el sábado para firmar unos contratos con unos clientes. ¿Qué te parece si nos reunimos el sábado a las 8 de la noche donde tú me digas?

—Perfecto. ¿Le parece que nos veamos aquí en el Rancho Wyatt? Podría conocer al grupo así tocamos algo para usted.

—Me parece estupendo. Te pasaré el número de mi secretaria para que le des la dirección y todos los datos a ella, por favor. Bueno, querida, te veo pronto. Cuídate.

Uriel Cabrera colgó, pero dejó a Alcatraz suspirando y soñando con la nueva vida que el esperaba. Se imaginaba tocando en los salones de fiesta del pueblo donde vivián sus abuelos. La cara que ellos iban a poner cuando la vieran cantar. Tenía tanto tiempo sin ir a México que la emoción invadía cada célula de su cuerpo. Tenía que prepararse para la cita del sábado. Le diría a Roberto que reuniera al grupo esa tarde para ensayar y platicar.

Durante el ensayo de la tarde, Alcatraz y los demás integrantes plasmaron sus ideas sobre una cartulina para poder visualizar sus metas con más facilidad. Esta sería la oportunidad de sus vidas y tendrían que estar unidos porque era posible que Uriel solo se llevara a Alcatraz y dejara al grupo. En general, los promotores suelen querer representar a la persona que compone y canta. Luego arman otra banda y se olvidan del grupo de origen del artista. Alcatraz quería que Uriel tomara en cuenta a todo el grupo porque con ellos fue que ella había llegado a darse a conocer. Adriel y Omar no tenían documentos para poder viajar legalmente, pero sabía que Uriel podría arreglar todo eso si todo el grupo le agradaba. Esa noche se quedaron hasta muy tarde ensayando. Los días siguientes hicieron lo mismo porque querían estar preparados para la cita con el promotor.

El sábado por la mañana Alcatraz se despertó muy temprano y fue a la casa de Adriel. Aún estaba dormido cuando escuchó que el motor de la camioneta se aproximaba a su casa. Sabía que era su amada porque todos en la casa dormían. Se puso el pantalón y se asomó por la ventana. Alcatraz bajó de la camioneta y traía puesto un vestido amarillo hermoso. Ella no acostumbraba a ponerse vestidos pero esa mañana decidió sorprenderlo. Traía una canasta. Desde lejos lo vio asomado a la ventana. Lo saludó con la mano y le tiró un beso. Era tan hermosa cuando estaba feliz. Se sentía el hombre más afortunado por tener el amor de esta bella mujer. No quiso salir por la puerta de su casa para no hacer ruido y despertar a sus padres. Abrió la ventana de su cuarto y le dijo a Alcatraz que entrara por ahí. A ella le dio mucha risa y se sintió como una muchachita de quince años que anda haciendo algo prohibido. Se divertía tanto con Adriel que era imposible mantenerse seria en su presencia. Trató de no hacer ruido al entrar, pero la risa la invadió al darse cuenta de que por poco asoma su ropa interior al subir la pierna para trepar. No había sido el día más acertado para ponerse vestido. Adriel la ayudó a ingresar y casi cuando estaba adentro de su recámara, la cargó para que ella pudiera entrar sin caerse. La bajó lentamente y al hacerlo rozó sus piernas lisas y blancas. Nunca habían estado solos en su habitación y para esta linda pareja era tentador. Ambos podían caer en la trampa de las garras de la lujuria. Se amaban y disfrutaban mucho estar en compañía del otro. Lo único que faltaba era completar su amor entregándose uno al otro en cuerpo. Alcatraz notó su mirada y empezó a respirar con dificultad. Sus cuerpos se comunicaban sin necesidad de que intervinieran las palabras. Adriel apartó la canasta sobre la mesita y se acercó a ella acariciándole la mejilla. Ella cerró sus ojos y se relajó. La besó en la mejilla, después en la frente y al final en la boca. Sus labios eran un imán porque no podía desprenderse de ellos. Ella puso sus brazos alrededor de su cuello y él la jaló hacia su cuerpo. Estaban bajo un hechizo de amor y a punto de pecar si nada lo impedía. Alcatraz caminó empujándolo hacia la cama. Ella quería ser su mujer. Él quería ser su hombre. Pero al igual que el gran Rigoberto Vallarta que había respetado a su amada Angélica hasta el día de la boda, lo mismo hizo Adriel. La deseaba como nunca deseó a nadie, pero quería que su entrega en cuerpo y alma fuera en la noche de bodas. Antes de que sucediera algo más, él se desprendió y se echó para atrás. Ella parecía estar confundida y desilusionada, pero entendió lo que hacía. Le tomó las manos y se las besó. Le dijo que le amaba. Echó un vistazo a la canasta y le preguntó que había adentro. Ella tomó la canasta y la abrió. Adentro había dos tazas con chocolate caliente y tacos al vapor que Alma había preparado la noche anterior. Adriel sacó una silla de su closet y la invitó a sentarse; él se sentó en la cama. Trataron de comer y beber el chocolate caliente como si nada hubiera sucedido. Platicaron acerca de las canciones que tocarían esa tarde y del traje que se pondrían para recibir al promotor. Adriel observaba cómo ella tomaba su taza y se levantó para darle un beso en la boca. Justo en ese momento, su madre entró al cuarto haciendo que Alcatraz se asustara y le aventara el contenido de la taza a Adriel. Todos se rieron. Irma no era ingenua y sabía que los muchachos llevaban rato en la habitación pero quiso dejar pasar un rato antes de sorprenderlos. Al ver que los dos estaban vestidos y desayunando, descubrió que no había pasado nada. Ahora respetaba mucho más a su futura nuera.

Uriel Cabrera llegó al rancho Wyatt cerca de las nueve de la noche. Se había perdido y Jonathan Scott, junto con Adriel, fueron a buscarlo. El grupo empezó a tocar de inmediato apenas él entró. Quedó fascinado al escuchar lo preparados que estaban.

—¿Cuántas canciones compones al año Alcatraz?

—Compongo hasta diez canciones o más por mes. Creo que al año como cincuenta.

—¡Vaya! Bueno, les diré lo siguiente... Me encanta todo. Hay unas cosas que aún tenemos que mejorar, pero eso es fácil. Ahora, Roberto me comentó que dos de ustedes no tienen documentos para viajar. Tendremos que sacarles una visa. Los demás tienen, así que el proceso será rápido y fácil. Falta firmar los contratos, pero eso lo podemos hacer mañana mismo. Y por último, Alcatraz, necesito que me des tus diez mejores canciones que aún no hayas grabado porque sacar un disco es lo primero que tenemos que hacer. Roberto me dio el que grabaste hace poco pero este nuevo lo grabarás en mi propio estudio de grabación de Jalisco. Este disco es el que usaremos para promocionarlos. Bueno, ¡manos a la obra!

Capítulo 29

Los siguientes meses fueron de mucho trabajo. Parecían hormigas recolectando comida para el invierno. En poco tiempo, Uriel logró conseguir las visas de los muchachos y todos pudieron viajar a Jalisco a grabar el disco. Jonathan Scott se quedó en el rancho porque tenía muchas obligaciones, pero se aseguró de darle el suficiente dinero a su ahijada para que no le faltara nada durante todo el tiempo de la gira. Viajaron Roberto, Alcatraz, Adriel y los demás integrantes. El estudio de grabación estaba a dos horas del rancho donde vivían los abuelos maternos de Alcatraz. A ella se le ocurrió ir a visitarlos en cuanto terminaran de grabar. Guadalajara era hermosa, pero casi no les dio tiempo de recorrerla porque tenían mucho trabajo. Adriel pensó que era muy romántico estar en Jalisco con su amada. Los dos estaban más unidos que nunca. Habían acordado poner fecha para su boda, pero con los nuevos proyectos pensaron que lo mejor sería posponerla un poco. Lo único importante para ellos era el amor y el apoyo que se daban constantemente.

El tiempo pasó y Alcatraz mejoraba más con la vocalización. Cada día sonaba mucho mejor y esto le agradaba mucho a Uriel. En verdad, ella estaba haciendo todo lo posible por cumplir ese sueño guajiro que tenía desde niña. Y lo estaba logrando.

Llegó el día en que Alcatraz decidió ir a visitar a sus

abuelos. Adriel la acompañó porque sabía que necesitaría su apoyo emocional. Alcatraz estaba nerviosa pero feliz porque tenía hermosos recuerdos de su abuela. Uriel le había prestado su avión privado, pero ella prefirió irse en el camión. Hacía mucho tiempo que no pisaba su tierra y quería ver todo el paisaje, cosa que sería imposible desde el aire. Recorrieron sierras, campos, cosechas, pueblos y ranchos. Cuando el camión se detuvo en la última parada, Alcatraz reconoció la entrada de la carretera del rancho. Muchos recuerdos vinieron a su cabeza. Se acordó de cuando sus abuelos fueron a dejar a su madre para que viajara a Jerez a preparar lo necesario para su boda con Joaquín. Se acordó de cómo su abuela había querido alegrarla diciéndole que le escribirían una nota a su padre. No pudo controlar ese sentimiento y empezó a llorar. Adriel había tenido razón al decidir acompañarla. Aún no se reunían con su abuela y ella ya parecía una Magdalena.

Se bajaron del camión y se quedaron junto a la carretera con la esperanza de que pasara alguien con rumbo al rancho. A los quince minutos, divisaron una camioneta que se aproximaba. Adriel le hizo una seña para que la persona que conducía se detuviera. El conductor frenó y ellos corrieron para pedirle un aventón hasta el rancho. Cuando Alcatraz llegó, se quedó inmóvil porque reconoció a las personas que estaban adentro de la camioneta. ¡Eran sus abuelos! No la reconocieron porque la última vez que la habían visto ella aún era una niña. Ahora ya era toda un mujer y sus facciones habían cambiado mucho. Sus abuelos se alejaron de su madre cuando se fue con Joaquín a Estados Unidos. No estaban de acuerdo en cómo se había manejado ignorando que la niña podía estar en peligro con la familia de Joaquín. ¡Cuánta razón habían tenido estos dos viejitos en sospechar que la niña solo sufriría en esa casa! Pero ahora nada de eso importaba ya. Alcatraz estaba feliz y a punto de alcanzar la fama. Estaba enamorada y pronto se casaría con el amor de su vida.

—Abuelita. ¿Qué no me reconoces? Soy Alcatraz, tu nieta.

—¡Ay, mi encanto! Mira, nomás lo chula que estás y cuánto has crecido. Cómo te iba a reconocer si ya no te ves como la última vez. Tienes toda la cara de tu padre, mi niña. Tengo que estar soñando. ¿Qué haces aquí? ¿Y tu madre? Nunca pensé en volver a verte. Pero el Santo Niño escuchó mis súplicas. Le pedí con todo mi corazón que me dejara verte una vez más antes de morir. Y… ¡aquí estás, mi vida!

Su abuela se bajó de la camioneta llorando y gritando. Abrazó a su nieta. Abrazó a Adriel sin siquiera saber quién era. Su abuelo estaba detrás de ella esperando a que se quitara para poder abrazar a su nieta también. Pero no le daba lugar. Se aferraba a ella con todo el amor de los años perdidos.

Fue un encuentro conmovedor. Se fueron hasta la casa del rancho. Lo primero que hizo su abuela fue darle un Duvalín a su nieta como cuando era pequeña. Estuvieron horas hablando. Ella les presentó a su prometido y ellos quedaron encantados con él. Alcatraz les contó lo que estaba haciendo en México.

—Te lo dije, Kiubo. Ya lo decía tu padre: "Mi muchachita va a llegar muy lejos". Y no se equivocó. Si tu padre viviera, estaría tan o más orgulloso que nosotros.

Después de tanto sufrimiento, la vida empezaba a acomodarse para Alcatraz. Había grabado su segundo disco y ya empezaba su gira por México. Cuando podía, regresaba al rancho con sus abuelos e, incluso, llegó a ir a visitar a sus abuelos paternos al pueblo donde había nacido su padre. Le contaron hermosas historias sobre su padre. Su abuelo paterno le regaló una guitarra blanca con su nombre grabado antes de que se fuera de gira. Usaba esa guitarra para los eventos, cuando no tocaba la batería. La música que compartía empezó a florecer y le dio muchos frutos. La gente amaba a esta nueva estrella. Fue entrevistada por varios canales de música y estaciones de radio. Su gran meta desde niña había sido ir a Música Max y ser entrevistada por Alicia Echeverria. Como cosa del destino, dos años después de alcanzar la fama, recibió una llamada de la misma Alicia pidiéndole que fuera a su programa. Alcatraz no podía contener su alegría. Viajó a Texas para visitar a su padrino y luego encargó que le hicieran un vestido precioso. Sería el que usaría el día de la entrevista con Alicia. También había ido para dejar su vestido de novia, pues pronto se casaría con Adriel Mendoza.

Ya no era esa niña que tanto había llorado por decepciones de amor. Ahora era Alcatraz Vallarta, una de las mejores cantautoras de todo México.

La entrevista

Parte III

NADA ES MALO Y
NADA ES BUENO.
TODO ES COMO
LO QUIERES VER.
SI DECIDES VER LA
MAGIA EN TODO, TU
VIDA SERÁ MÁGICA.

———————

Capítulo 30

Todos los participantes del público tenían lágrimas en los ojos. Alcatraz se enjugaba sus propias lágrimas porque, aunque ya había superado tanto, a veces le dolía mucho recordar lo que le había tocado sufrir para poder llegar hasta ese lugar.

—Aquí me tienes, Alicia. Dos años después de que Adriel me diera la noticia de que el promotor estaba interesado en mí. Esta soy yo y de allá es de donde vengo. Nunca pensé que algún día compartiría mi historia con este bello público, pero me alegro tanto de haberlo hecho porque así podré inspirar a otras a que nunca dejen de perseguir sus sueños como lo hice yo.

Alicia estaba con los ojos rojos de tantas lágrimas.

—¡Guau! Mujer, eres increíble. Tu historia me ha conmovido y estoy segura de que también a todos los que nos sintonizan hoy. Te admiro mucho. Eres una guerrera. Pero, cuéntanos un poco acerca de tus giras por México y de tu papacito Adriel.

—Los primeros estados en los toqué fueron: Michoacán, Zacatecas y, por supuesto, mi bello Jalisco. Fue una bendición para mí venir de gira por México porque tuve la oportunidad de reunirme con mis abuelos maternos y paternos. Fue un reencuentro realmente emocionante porque hacía más de veinte años que no los veía. Me di cuenta de que, aunque pase el tiempo, el amor puede seguir intacto cuando es sincero. Después toqué en todos los estados de México y grabé seis discos. Cuando me vine para México, me propuse aprender a tocar el saxofón porque quería sumarlo a mis canciones. Me hicieron unas entrevistas fascinantes, pero te confieso que la mejor de todas es la que estoy teniendo ahorita aquí contigo. Ya desde muy pequeña veía el canal de Música Max y juré que algún día estaría sentada aquí mismo a tu lado.

—Fue en los tiempos en que no tenía que ponerme faja porque a esa edad lucía una cinturita de avispa. Pero, ya ves, que con el tiempo uno le entra bien y bonito a los taquitos y las garnachas. No, mujer, ¡para qué te cuento! Antes de que te vayas quiero que me pases la receta para lucir esa figura tan espectacular que tienes —le dijo Alicia Echeverria.

Alcatraz se rio mucho ante el gracioso comentario de la conductora.

—Claro, Alicia, te diré que el secreto para lucir bien está en no comer productos de origen animal, sino verduras.

—¿Solo verdura? —dijo la conductora con un tono pícaro.

Alcatraz ya ni sabía qué contestarle a esta mujer tan graciosa. Se sentía muy a gusto en su compañía.

—Bueno, mejor luego me cuentas bien eso de la dieta. Todas queremos saber qué pasa con tu amorcito. Anda, cuenta, cuenta…

—Adriel y yo nos casamos la próxima semana en el rancho de mi padrino, que oficiará de anfitrión. Asistirán mis abuelos y familiares de Adriel. Será un evento muy grande porque hemos invitado a mucha gente.

—Sí, recibí la invitación y ahí estaré. Tenlo por seguro. Pero dinos cómo ha sido la relación ahora que tu andas de famosilla.

—Nuestra relación es como un cuento de hadas. Nos apoyamos y nos amamos. La clave de una relación es la confianza, pero sobre todo mucha comunicación. Tratamos de mantener una relación profesional sobre el escenario, pero sabemos que nuestro amor es más grande que cualquier otra cosa.

—¿Y piensan tener bebés?

—Quizás algún día. La verdad es que me gustaría adoptar a un niño que carezca de amor y cariño. Pero, bueno, eso sería más adelante. Ahorita tenemos otros proyectos pendientes que me quitarán mucho mi tiempo y por ahora son mi prioridad.

—Bueno, nuestra entrevista está por finalizar. Pero antes de cerrar, nuestra querida Alcatraz Vallarta nos va a deleitar con su último tema del disco que acaba de lanzarse al mercado titulado Una nota en blanco. ¿Puedes contarnos un poco acerca de este disco y de por qué le pusiste así?

—Claro, Alicia. Este disco tiene canciones muy íntimas que describen la historia de mi vida y todo lo que sufrí, como *Hay que vivir, Tu reflejo en Navidad, Me enamoré por inocente y Sé feliz*, que hablan de mi dolor en una fría soledad. Pero el tema de Una nota en blanco se llama así porque siento que representa lo que fue mi vida.

—Explícate un poco más que soy lenta para aprender.

—Mira, como ya les conté, de pequeña solía dejarle unas notas en blanco a mi padre porque creí que él me contestaría. Luego, cuando dejé a Pablo, le dejé una nota en blanco porque no encontré las palabras para decirle que lo nuestro había terminado.

Y no hace mucho, cuando empecé a escribir este tema, me di cuenta de que mi vida era una nota en blanco porque estaba vacía. Pero a la vez conservé una inocencia en mi espíritu que fue la que me dio fuerzas para no rendirme. Luego, un día, me puse a pensar en las notas musicales. Son negras y miden el tiempo en la música. Pero en mi vida, mi nota musical era blanca porque no lograba medir el gran ser humano que soy, y lo digo con toda humildad. Este título tiene muchos significados, pero al final, tendrá el significado que tú quieras darle. Creo que todo en la vida así es... NO ES LO QUE NOS PASA, SINO CÓMO REACCIONAMOS ANTE LOS HECHOS.

Una vez más, Alcatraz dejo al público con la boca abierta por la manera tan maravillosa que tenía de explicar las cosas. Tenía una habilidad con sus palabras. Tenía una magia en lo que decía que cautivaba a quien la escuchaba.

Alcatraz se levantó de la silla y le dio las gracias a la conductora y al público por haberle dado la oportunidad de compartir su historia. Descendió el escalón y caminó hacia el escenario. Se sentó en un banco alto y uno de los coordinadores le entregó su guitarra blanca para que pudiera tocar su canción. Las luces se volvieron tenues y todo el público se quedó en silencio para oír a la bella Alcatraz. Ella se acomodó la guitarra e hizo un rasguido para asegurarse de que estuviera afinada y luego volteó a ver al integrante de atrás que estaba con la tuba. Le hizo una señal y empezaron juntos con las primeras notas de la melodía. Luego entraron las tarolas y de ahí los demás instrumentos de la banda. Alcatraz empezó a cantar y todos escucharon con mucha atención.

UNA NOTA EN BLANCO
FUE LA QUE ESCRIBÍ
CUANDO ELEGÍ IRME DE TU LADO
YA NO HAY AMOR
YA NO HAY PASIÓN
TODO HA SIDO EN VANO
ME MARCHO, ME DESPIDO
LO NUESTRO HA TERMINADO
TODO HA SIDO EN VANO
ME MARCHO, ME DESPIDO
LO NUESTRO... LO NUESTRO... HA TERMINADO

El público se levantó y aplaudió con tanta ovación que el gran Rigoberto Vallarta pudo escuchar desde el cielo.

Una nota de Alcatraz
Paloma Vallarta

Me han preguntado si soy feliz. Siempre respondo que sí. Las personas no entienden cómo hago para ser feliz después de todo lo que he sufrido. La respuesta es simple: ya no me enfoco en mi vida pasada. Me enfoco en mi vida presente y en lo que está por venir. No tengo el poder de cambiar las cosas que me sucedieron antes, pero sí tengo la manera en que observo las cosas que me pasaron. En realidad, yo no cambiaría nada de lo que viví. Es verdad que sufrí mucho. Fue muy grande mi sufrimiento porque no me daba respiro. Me sentí como una bola de nieve que rueda y va creciendo cada vez más al caer. Pero fueron las vivencias trágicas las que me enseñaron a ser una persona más humana con principios y valores. Hubo un tiempo en que dejé que mis tragedias envenenaran mi corazón, pero Dios puso en mi camino a las personas indicadas para que yo lograra cambiar mi vida. Una de esas personas es mi marido, Adriel Mendoza, que llegó en el momento perfecto. A veces me pregunté por qué no había llegado a mi vida antes que Pablo, pero luego lo entendí. Si hubiese llegado a mi vida antes, tal vez yo no lo hubiera amado ni valorado como lo hago ahora.

Adriel y yo nos casamos tres años después de aquella vez que él se arrodilló frente a mí para pedirme que fuera su esposa. Fue la boda de mis sueños. Porque lo amo tanto quise complacerlo y nos casamos por iglesia, aunque no fuera deseo. Pero si algo comprendí a lo largo de mi vida fue que cuando uno ama de verdad deja de ser egoísta para poder hacer feliz a la otra persona. Obviamente, él también ha hecho cosas por mí, como el detalle de complacer mi pedido de que en mi banquete de bodas solo se sirviera comida vegetariana. Lo dialogamos mucho y al final él eligió darme el gusto en lugar del "qué dirán". Ese día me llevó hasta el altar de la mano mi padrino Jonathan Scott, quien lloró como si de verdad fuera mi padre. La vida me arrebató a mi padre, pero me dio otro que supo darme lo mejor en muy poco tiempo. La fiesta fue hermosa y fui el centro de atención. Tuvimos una noche de bodas espectacular. Aunque sea imposible de creer, yo preferí esperar hasta nuestra luna de miel para entregarme a él en cuerpo y alma. No fue nada fácil porque en nuestros largos tres años de noviazgo tuvimos acercamientos algo tentadores, pero fueron más grandes nuestros principios que el momento. Y esperar hasta esa noche fue el mejor regalo que nos pudimos hacer. Estábamos en una cabaña rodeada de naturaleza. Nos quedamos ahí tres días y luego nos fuimos a Puerto Vallarta de luna de miel.

Al regresar de nuestra luna de miel, nos enteramos de que mi padrino estaba muy grave y al borde de la muerte. Estaba internado en el hospital y los doctores nos dijeron que hacía más de cuatro años que sufría de cáncer de próstata. Mi padrino sabía que padecía esta enfermedad, pero prefirió no decírselo a nadie. Siempre fue tan fuerte y alegre. Los doctores se sorprendieron de que hubiera vivido tanto tiempo dado que complicado diagnóstico. Mi padrino se fue de esta vida amando mucho a mi madre, pero se consoló sabiendo que había ayudado hasta el cansancio a la hija del gran Rigoberto Vallarta.

Murió dos días después de que regresáramos de nuestra luna de miel. Me tomó por sorpresa cuando el abogado de mi padrino me llamó poco después de su muerte para la lectura del testamento. No sabía por qué me habían convocado cuando el único que debía estar ahí era su hijo Mark. Ese día se me reveló como única heredera de toda la fortuna de mi padrino. Me negué aceptarlo. Sentí que no lo merecía, pero en su carta él fue muy claro que quería que yo llevara el control de todo el Rancho Wyatt y del Rancho Pequeño. En su carta me daba autorización para convertir su rancho en un santuario. Quería que yo cumpliera mi sueño de salvarle la vida a los animales, así como lo había salvado a él de la soledad. En la actualidad, tengo el santuario más grande de Texas. Rescato a todo tipo de animalito que necesite amor y un hogar. Genero bastante ingreso por medio de la música y otros negocios para mantener mi santuario.

Quizás se estén preguntando si he vuelto a hablar con mi madre. Algo que aprendí de mi marido Adriel es que uno debe elegir perdonar a las personas que nos hicieron daño. Decidí perdonarla. Hoy ya nos hablamos. No tenemos una relación cercana, pero al menos sabemos la una de la otra. Mi hermanito ahora vive conmigo. Estoy feliz por tenerlo conmigo. En el tiempo que viví en el Rancho Wyatt, nunca visité la tumba de mi padre porque no tuve el valor. Hace unos días fui con mi esposo. Puedo asegurar que mi padre estaba ahí porque sobre su tumba justo se posó una paloma blanca y nos cantó durante un largo rato. Fui a darle la noticia de que pronto sería abuelo de un varoncito. La vida no es justa, pero vaya que sí recompensa cuando crees que te lo mereces.

CAPÍTULO 1

La vida de un músico

La vida de un músico es muy difícil. Hay días que te desesperaras porque el dinero es escaso, pero la voz de la música te llama a que sigas cantando. Habrá días en que no dormirás ni comerás. Pasarán días sin que puedas darte un buen baño porque te la pasas de lugar en lugar sin darte un tiempo para ti. Te sentirás muy solo porque nadie comprenderá tu camino. En los días más importantes de tu vida, te la pasarás lejos de tu familia porque estarás alegrándole la vida a alguien más con tu música. Una persona muy querida para mí estaba tocando en una fiesta al tiempo que a su padre lo estaban velando. Habrá veces que te querrás partir en dos, pero será imposible. El compromiso y el llamado de la música será más grande. El día de Navidad estarás lejos de tu familia porque irás camino a un evento. Tu horario de dormir será diferente al de los demás y quizás eso te deje un tanto agotado. Todos pensarán que vas por mal camino porque el medio de la música es conocido como un lugar de perdición, drogas, sexo y alcohol. En realidad, cualquier carrera tiene su lado oscuro. Todo depende de la persona y cómo recorrer ese camino. La vida de un músico es la más criticada; sin embargo, es la más solicitada por los difuntos, por los que penan, por los que toman, por los que lloran, por los que se casan, por los que cumplen años y por simple gusto. Si eres músico y te han desanimado, no les hagas caso. Tú eres grande porque llevas el mensaje del universo a donde vayas. Elevas a las personas con lo que cantas, con lo que tocas o con lo que compones. No te rindas. Nada en la vida es fácil, y mucho menos lo que en realidad vale la pena. Habrá personas que metan el pie para que tropieces, pero habrá otros que te aplaudan mientras cantas. Enfócate solamente en las personas que se alegran contigo, pero si no hay nadie que lo haga, que no te importe. Hay un Dios que siempre te cuida desde antes de que llegaras a este mundo. Deja que él sea tu único fanático. Toca para él. Escribe para él. Canta para él. Pero sobre todo, vive para él. No le temas a nada ni a nadie. La única vida de verdad es la que vivimos con el corazón y todo lo demás solo es una ilusión. Sigue tocando y cantando, el mundo necesita de ti, mi querido músico.

Nuvia Yesenia

Nuvia Yesenia nació en Denver, Colorado. Con tan solo dos años sus padres se divorciaron y se mudó con su madre a Jalisco, México. Un tiempo después, ambas se trasladaron a Chicago, Illinois, ciudad donde la autora reside actualmente.

Es una mujer llena de sorpresas, ya que además de ser escritora, es músico/a y canta-autora. Toca la batería y la guitarra, y disfruta de expandir sus conocimientos musicales día a día.

La comunicación es una parte fundamental de su vida. No solo se expresa a través de sus historias y canciones, sino también en su vida laboral. Actualmente trabaja como intérprete para un programa del estado llamado *Intervención Temprana*. Este programa ofrece servicios de terapia (del habla, desarrollo, ocupacional y física) para niños. Además, realiza traducciones de inglés a español (y viceversa) para las familias y terapeutas de allí.

Otra de sus pasiones son el veganismo y el deporte. Nuvia desea ser un modelo positivo e impactar en la vida de los demás para ayudarlos a incrementar su calidad de vida; es por ello que ama aprender sobre nutrición y enseñar a los demás a incorporar hábitos saludables.

www.ingramcontent.com/pod-product-compliance
Lightning Source LLC
Chambersburg PA
CBHW061524020726
47502CB00006B/2213

* 9 7 8 1 9 5 2 7 7 9 7 5 6 *